10|18
12, avenue d'Italie — Paris XIIIe

Sur l'auteur

Herbjørg Wassmo, née en Norvège en 1942, vit à Hihnöy, une petite île située au nord du cercle polaire. Très populaire dans les pays scandinaves, cette ancienne institutrice férue de poésie se consacre à la littérature depuis vingt ans. Auteur d'une œuvre considérable, elle s'est rendue célèbre par ses héroïnes, personnages féminins passionnés et ensorcelants. Après la trilogie *Tora* [*La Véranda aveugle, La Chambre silencieuse, Ciel cruel*], elle connaît un grand succès avec la trilogie *Le Livre de Dina* [*Les Limons vides, Les Vivants aussi, Mon bien-aimé est à moi*], et *Le Fils de la Providence*. Herbjørg Wassmo achève l'épopée de la flamboyante Dina avec le personnage charnière de Karna dans la trilogie *L'Héritage de Karna* [*Mon péché n'appartient qu'à moi, Le Pire des silences, Les Femmes si belles*].

LES LIMONS VIDES

(Le Livre de Dina, t. 1*)*

PAR

HERBJØRG WASSMO

Traduit du norvégien
par Luce HINSCH

10|18

« Domaine étranger »
dirigé par Jean-Claude Zylberstein

GAÏA ÉDITIONS

Titre original :
Dinas Bok

ISBN 2-264-03046-1

À Bjørn

PROLOGUE

Beaucoup de gens proclament leur bonté ; mais un homme fidèle, qui le trouvera ?
Le juste marche dans son intégrité ; heureux ses enfants après lui !
Qui dira : J'ai purifié mon cœur, de mon péché je suis net ?
(Proverbes de Salomon, 20, 6, 7 et 9)

Je suis Dina, qui regarde le traîneau et sa charge dévaler la pente.

D'abord, il me semble que c'est moi qui y suis attachée. Parce que la douleur que je ressens est plus forte que tout ce que j'ai ressenti jusqu'à présent.

À travers une réalité limpide comme le verre, mais hors du temps et de l'espace, je reste en contact avec le visage sur le traîneau.

Quelques secondes plus tard, il s'écrasera sur une pierre verglacée.

L'animal a vraiment réussi à se libérer du traîneau, évitant ainsi d'être entraîné dans la chute ! Et si facilement !

Ce doit être tard en automne. Tard pour quoi ?

Il me manque un cheval.

Une femme se tenait au sommet d'une pente dans une froide clarté matinale. Il n'y avait pas de soleil. Les montagnes sombres montaient la garde autour d'elle. La pente était si raide qu'elle n'en voyait pas le bout.

De l'autre côté d'un large bras de mer, des montagnes encore plus escarpées se dressaient, comme des témoins muets.

Elle suivait chaque mouvement du traîneau. Jusqu'à ce qu'un gros tronc de bouleau l'arrête au bord du précipice.

Il bascula vers l'abîme. Au-dessous, il y avait le gouffre. Tout en bas grondait une chute d'eau.

La femme considéra les traces laissées par le traîneau dans sa course. Des graviers, des tas de neige, des touffes de bruyère, des branches cassées. Comme si un énorme rabot avait dévalé la pente et tout arraché sur son passage.

Elle était habillée d'un pantalon de cuir et d'une longue veste cintrée. Si ce n'avait été ses cheveux, on aurait pu, de loin, la prendre pour un homme. Elle était très grande pour une femme.

La manche droite de sa veste était déchirée. Il y avait du sang dans la déchirure. Provenant d'une blessure.

Sa main gauche était encore serrée sur un couteau à lame courte, de cette sorte que les femmes lapones portent à la ceinture.

La femme tourna son visage vers un bruit. Le hennissement d'un cheval. Cela sembla la réveiller. Le couteau disparut dans la poche.

Après une légère hésitation, elle enjamba résolument la bordure en pierre de la route. Vers le traîneau. Il vacillait moins maintenant. Comme s'il avait résolu d'épargner l'individu au visage écrasé.

Elle descendit rapidement la pente. Au passage, elle entraînait des pierres avec elle. Elles formaient de véritables avalanches en miniature et dépassaient le traîneau pour aller se perdre dans le gouffre. Elle les suivait du regard, dans le vide. Comme si elle continuait à les voir après qu'elles avaient disparu dans le précipice. Comme si elle les voyait atteindre le fond sous l'eau grondante de la chute.

Une seconde elle s'arrêta, quand une nouvelle avalanche dépassa le traîneau portant le corps inanimé.

Mais seulement une seconde. Puis elle continua jusqu'à ce qu'elle pût attraper un coin de la peau de mouton qui recouvrait l'homme, pour en rabattre un côté.

Ce qui avait dû être un beau visage d'homme apparut. Un œil était enfoncé. Du sang frais s'écoulait à flots épais et réguliers de blessures à la tête. En quelques secondes, la tête de l'homme devint toute rouge. La fourrure blanche de la peau de mouton s'imprégnait de sang.

Elle avança une main longue et mince aux ongles roses bien dessinés. Souleva les paupières de l'homme. L'une après l'autre. Posa la main sur sa poitrine. Son cœur battait-il encore ? Hésita, sans trop savoir à quoi s'en tenir.

Le visage de la femme semblait un paysage couvert de neige. Aucune émotion. Seuls ses yeux remuaient par saccades sous les paupières mi-closes. Elle avait du sang sur les mains, elle les essuya sur la poitrine de l'homme. Recouvrit alors le visage avec la peau de mouton.

Elle rampa jusqu'à l'avant du traîneau, jusqu'aux points d'attache des limons. Là, elle enleva prestement le reste des cordes. Elle les ramassa avec soin et les mit dans la poche de sa veste, avec le couteau. Sortit deux lanières de cuir usées qu'elle mit à la place.

Une fois, elle se redressa. Écouta. Le cheval hennissait sur la route. Elle hésita, semblant se demander si le travail était bien terminé. Puis elle rebroussa chemin le long du traîneau. L'homme écrasé était toujours entre elle et l'abîme.

Le gros bouleau craquait sous le gel et sous la pression de son poids. Elle prit pied entre les pierres verglacées et appuya de tout son poids sur le traîneau. Calculant avec justesse, comme si ce mouvement lui était habituel.

Au moment même où le traîneau partait dans le vide, la peau de mouton glissa, laissant à nu le visage de l'homme. Il ouvrit alors l'œil qui n'était pas crevé et

le fixa droit sur la femme. Muet. Un regard incrédule et désespéré.
Elle sursauta. Une ombre de tendresse maladroite passa sur son visage.
Puis tout ne fut plus que mouvements battant l'air. Allant très vite. Les sons se répercutèrent dans les montagnes longtemps après que tout fut fini.
Le visage de la femme était vide. Le paysage avait repris sa forme. Tout était pour le mieux.

Je suis Dina, entraînée à la suite de l'homme dans le tourbillon du torrent écumant. Puis il passe de l'autre côté. Je n'arrive pas à saisir le dernier instant, ce qui m'aurait fait découvrir ce que tout le monde redoute. Le moment où le temps s'arrête.
Qui suis-je ? Quand, où et à quel endroit ? Suis-je à jamais damnée ?

Elle se redressa et grimpa résolument la pente. Il était plus dur de la monter que de la descendre, semblait-il. Deux cents mètres de montée sur le verglas.
Atteignant l'endroit où l'on pouvait voir le torrent grossi par l'automne, elle se retourna et le regarda. Il faisait un méandre avant de se jeter en chute. Des flots écumants. Rien de plus.
Elle continua à grimper. Rapidement. La respiration haletante. Elle avait visiblement mal à son bras blessé. Une ou deux fois elle faillit perdre l'équilibre et suivre le même chemin que le traîneau.
Ses mains s'agrippaient aux bruyères, aux buissons, aux pierres. Elle faisait attention de toujours s'assurer un appui avec une main avant d'avancer l'autre. Avec une agilité très sûre.
Elle leva la tête en s'agrippant à une borne bordant la route. Rencontra les gros yeux brillants du cheval. Il ne hennissait plus. Il la regardait seulement.
Ils restèrent ainsi face à face, haletants. Tout à coup le cheval montra les dents et se mit à arracher impa-

tiemment quelques touffes d'herbe. Elle fit une grimace en se hissant des deux bras sur la route.

L'animal pencha vers elle son énorme tête. Les limons écartelés pendant de chaque côté. Tel un ornement superflu.

Elle s'agrippa enfin à la crinière du cheval. Durement, presque brutalement, elle se hissa vers la tête récalcitrante.

Cette femme avait dix-huit ans. Son regard était de pierre.

Le crissement des limons sur le sol était hors de l'image.

Le cheval piétinait les brins d'herbe gelée.

Elle enleva sa veste et releva les manches de son chandail et de sa blouse. La blessure ressemblait à un coup de couteau. L'avait-elle reçue en luttant avec l'homme sur le traîneau ?

Puis elle se pencha brusquement pour fouiller de ses mains nues le sol du chemin. En retira du sable et de la glace, des herbes et des saletés. Énergiquement frotta le tout sur la plaie. Son visage ne fut plus qu'une grimace de douleur. La bouche s'ouvrit pour laisser passer un râle guttural.

Elle recommença l'opération. Et le râle reprit à intervalles réguliers. Comme un rite. La main fouillait. Ramassait gravier et sable. Frottait le tout dans la plaie. Et recommençait. Enfin elle arracha le chandail et la blouse pour les traîner sur la route. Elle déchira les manches. Elle frottait et frottait.

Ses mains étaient ensanglantées. Elle ne les essuya pas. Resta debout, dressée, en fine chemise de dentelle, sur le ciel d'automne. Elle ne semblait pas ressentir le froid.

Calmement, elle se rhabilla. Regarda la blessure à travers les vêtements troués. Arrangea les lambeaux d'étoffe des manches. Fit une grimace de douleur en étendant le bras et essaya de voir si elle pouvait s'en servir.

Son chapeau était resté dans le fossé. Brun, à bord étroit, orné d'une plume verte. Elle lui jeta un regard rapide avant de remonter vers le nord par le chemin cahoteux. Dans une lumière basse et argentée.

Le cheval suivait, traînant les limons. Il la rattrapa vite. Posa son museau sur son épaule, lui mordillant les cheveux.

Alors elle s'arrêta et se mit tout contre l'animal. L'obligea, d'une main, à s'agenouiller, comme un chameau. Et s'installa à califourchon sur le large dos noir.

Le bruit des sabots. Le grincement des limons sur le gravier. Le souffle réconfortant du cheval. Le vent. Qui ne savait rien. N'avait rien vu.

C'était au milieu de la journée. Le cheval et la femme, après avoir descendu le flanc raide de la montagne, étaient arrivés à une grande ferme. Une large allée de sorbiers allait de la grande maison de maître blanche jusqu'aux hangars peints en rouge. Deux de chaque côté jusqu'au débarcadère empierré.

Les arbres étaient déjà nus, portant des baies rouge sang. Les champs étaient jaunes, parsemés de flaques de neige et de glace. Le ciel se découvrit tout à coup. Mais il n'y avait toujours pas de soleil.

Celui qu'on appelait Tomas sortit de l'écurie au moment où le cheval et sa cavalière faisaient leur entrée dans la cour. Il resta planté comme un piquet à la vue des limons vides et de la femme échevelée aux vêtements ensanglantés.

Lentement elle se laissa glisser à terre sans le regarder. Puis, chancelante, elle monta pas à pas le large escalier d'entrée de la maison. Ouvrit un des battants de la porte. Resta, de dos, en pleine lumière. Puis se retourna brusquement. Comme si elle avait peur de son ombre.

Tomas courut après elle. Elle restait là, entre la lumière chaude de la maison et celle du dehors aux froides ombres bleutées venues de la montagne.

Elle n'avait plus de visage.

Il y eut un grand remue-ménage. Hommes et femmes accoururent. Tous les domestiques.

Mère Karen sortit d'un salon, claudiquant sur sa canne, le monocle pendant au bout d'un ruban brodé. Un éclair de verre essayant de mettre une note mutine.

La vieille dame trottinait péniblement dans la grande entrée. Le regard doux et plein d'expérience. Savait-elle quelque chose ?

Tout le monde se pressait vers la femme devant la porte. Une servante toucha le bras blessé, voulant aider à enlever la veste déchirée. Mais elle fut repoussée.

Alors le silence fut brisé. Tout le monde se mit à parler en même temps. Les questions pleuvaient sur la femme sans visage.

Mais elle ne répondait pas. Ne voyait personne. N'avait pas de regard. Elle se contenta de prendre le bras de Tomas, le palefrenier, si brutalement qu'il en gémit. Puis elle vacilla vers celui qu'on appelait Anders. Un homme blond au menton volontaire. Un des fils adoptifs de la ferme. Elle le prit par le bras et l'entraîna, comme l'autre, avec elle. Sans dire mot.

Les deux chevaux restés à l'écurie furent sellés. Le troisième n'avait pas de selle. Il était épuisé et en nage après sa course en montagne. On le libéra de ses limons, on le bichonna et on lui donna de l'eau.

La grosse tête du cheval restait dans le seau, prenant son temps. Les humains n'avaient qu'à attendre. Il buvait à grandes gorgées. De temps en temps, il rejetait sa crinière et son regard allait de l'un vers l'autre.

La femme ne voulait ni se changer ni se laisser panser. Elle sauta en selle. Tomas lui tendit un manteau de drap qu'elle enfila. Elle n'avait toujours pas dit un mot.

Elle les conduisit à l'endroit où le traîneau avait dérapé. Les traces ne laissaient aucun doute. Le sol rasé, les buissons cassés, la bruyère arrachée. Ils savaient tous ce qu'il y avait au bout de la pente. Le ravin. La chute du torrent. Le précipice. Le gouffre. Le traîneau.

Ils allèrent chercher des renforts et firent des recherches dans le torrent bouillonnant. Mais ne trouvèrent rien d'autre que les débris d'un traîneau aux attaches usées.

La femme restait muette.

Les yeux de l'Éternel gardent la science, mais Il confond les paroles du perfide.
(Proverbes de Salomon, 22, 12)

Dina devait conduire Jacob, son mari, dont le pied était pris par la gangrène, chez le médecin, de l'autre côté de la montagne. On était en novembre. Elle était la seule à pouvoir maîtriser le jeune cheval fougueux. Le plus rapide. Il fallait faire vite. Le chemin était mauvais et verglacé.

Le pied de Jacob commençait à sentir mauvais. L'odeur en avait depuis longtemps envahi la chambre. La cuisinière la percevait jusque dans le garde-manger. L'horreur s'était installée entre les murs. L'angoisse.

Personne à Reinsnes ne dit mot sur l'odeur qui se dégageait du pied de Jacob. Tout au moins avant sa mort. Personne ne dit mot quand Lucifer, le cheval, retourna à la ferme les limons vides.

Ailleurs, les langues allaient bon train. Avec incrédulité et effarement. De ferme en ferme. Au sein des foyers de Strandstedet et le long de la côte. Chez le pasteur. De bouche à oreille et dans le plus grand secret.

On parlait de Dina, la jeune maîtresse de Reinsnes, la fille unique du commissaire de police Holm. C'était un vrai garçon manqué, folle de chevaux. Même après son mariage. C'était un bien triste sort que le sien.

On ne se lassait pas de raconter l'histoire. Elle était partie à toute allure, faisant voler les pierres sous le traîneau. Comme une sorcière. Malgré cela Jacob

Grønelv n'était pas arrivé chez le docteur. Et maintenant il n'était plus. Le bon et généreux Jacob qui ne refusait jamais de travail à personne. Le fils de Mère Karen, venu tout jeune à Reinsnes.

Mort ! Un tel malheur semblait incompréhensible. En général, la fatalité voulait que les gens se noient ou se perdent en mer. À cela on ne pouvait rien. Mais une fin pareille était l'œuvre du diable. D'abord la gangrène à la suite d'une fracture. Et pour finir le traîneau culbutant dans le torrent !

Dina avait perdu la parole et Mère Karen pleurait. Le fils que Jacob avait eu d'un premier mariage, maintenant orphelin, errait dans Copenhague. Lucifer ne supportait plus la vue d'un traîneau.

Les représentants des autorités vinrent à la ferme pour enquêter sur les événements qui avaient conduit au décès. On devait tout dire, surtout ne rien cacher.

Le père de Dina, le commissaire de police, avait amené avec lui deux témoins et un registre. Il déclara avec fermeté qu'il n'était pas là en qualité de père, mais comme représentant des autorités judiciaires.

Mère Karen n'y voyait guère de différence, mais elle n'en dit rien.

Personne n'arriva à faire descendre Dina. Comme elle était grande et relativement forte, on n'osait pas risquer un incident en employant la force. Il fut donc décidé que l'interrogatoire se passerait à l'étage.

On installa des chaises supplémentaires. Et le rideau du lit à baldaquin fut soigneusement épousseté. Une lourde étoffe mordorée à grands ramages. Achetée à Hambourg à l'occasion du mariage de Dina et de Jacob.

Oline et Mère Karen avaient essayé de faire la toilette de la jeune femme, afin de lui donner une allure plus convenable. Oline lui confectionnait des tisanes fortement sucrées et enrichies de crème. Son remède universel aussi bien contre le scorbut que la stérilité. Mère Karen lui prodiguait des encouragements, brossait ses cheveux, se montrait discrètement aux petits soins.

Les servantes faisaient ce qu'on leur demandait, le regard effaré et fuyant.

Les mots ne sortaient pas. La bouche de Dina les formait mais le son ne suivait pas. Les autorités essayèrent toutes les méthodes.

Pour commencer, le commissaire prit une voix grave et neutre en regardant Dina droit dans ses yeux gris clair. Il aurait tout aussi bien pu regarder dans un verre d'eau.

Les témoins firent aussi quelques essais. Assis ou debout. Avec compassion ou avec autorité.

À la fin, Dina cacha sa tête brune ébouriffée dans ses bras. Elle émit un gémissement de chien à demi étranglé.

Les représentants des autorités, gênés, se retirèrent dans le salon. Pour discuter et se mettre d'accord. Sur le lieu de l'accident. Sur l'attitude de la jeune femme.

Ils en conclurent que cet accident était une tragédie pour toute la paroisse. Que Dina Grønelv était folle de chagrin. Qu'il fallait la considérer comme irresponsable et qu'elle avait perdu l'usage de la parole sous le choc.

Ils en conclurent aussi qu'elle avait conduit aussi vite que possible pour amener son mari chez le médecin. Qu'elle avait dû prendre le tournant près du pont à trop grande allure, ou bien que le cheval s'était emballé et que les courroies avaient craqué. Toutes les deux.

Tout cela fut soigneusement inscrit dans le registre.

Au début, on ne retrouva pas le cadavre. On disait qu'il avait dû être entraîné vers la mer. Mais on ne comprenait pas comment. Car, avant d'atteindre la mer, il y avait bien dix kilomètres de vase et d'herbes dans le lit du torrent. Et aussi de pierres qui pouvaient retenir un corps.

Au grand désespoir de Mère Karen, les recherches furent petit à petit abandonnées.

Au bout d'un mois, un journalier qui venait à la ferme prétendit que le cadavre se trouvait dans « le Petit Bassin ». Une sorte de petite digue un peu en aval du gouffre. Jacob gisait là, recroquevillé sur une pierre. Raide comme du bois. Gonflé et bien mal en point, disait-il.

Effectivement, le journalier avait raison.

Les pluies d'automne ayant cessé, le niveau des eaux avait baissé. Et, par une journée sans nuage du début de décembre, le corps du malheureux Jacob Grønelv remonta à la surface. Juste devant le vieux journalier qui s'en allait par-delà les montagnes travailler dans une autre ferme.

Depuis, le bruit courait que le journalier était clairvoyant. Et même, qu'il l'avait toujours été. Cela lui assura une vieillesse heureuse. Parce que personne ne désirait être en mauvais termes avec un homme clairvoyant, tout journalier qu'il fût.

Dina était dans la salle, la plus grande pièce à l'étage. Tous rideaux tirés. Au début, elle n'allait même pas à l'écurie voir son cheval.

On la laissa en paix.

Mère Karen cessa de pleurer, simplement parce

qu'elle n'en avait plus le temps. Elle avait dû faire face aux obligations des maîtres de maison. Morts tous les deux, en quelque sorte.

Dina était assise près d'une table en noyer et regardait fixement devant elle. Personne, au fait, ne savait ce qu'elle faisait. Elle n'avait aucun confident.

Les partitions de musique, auparavant empilées autour du lit, elle les avait rangées dans le placard. Chaque fois qu'on en ouvrait la porte, elles étaient balayées par les longues robes.

Dans la salle, les ombres étaient profondes. Dans un coin, un violoncelle prenait la poussière. Personne n'y avait touché depuis le jour où Jacob avait été mis sur le traîneau.

Un solide lit à baldaquin aux tentures généreuses prenait une bonne partie de la pièce. Il était si haut qu'on pouvait, tout en restant couché sur les coussins, voir le détroit à travers les fenêtres. On pouvait aussi se voir dans la grande psyché au cadre laqué de noir.

Le grand poêle rond ronflait nuit et jour. Derrière, un paravent sur lequel étaient brodés Léda et le Cygne dans une étreinte érotique. Des ailes et des bras. Et la chevelure blonde de Léda qui la recouvrait pudiquement.

Tea, la servante, montait du bois quatre fois par jour. Malgré cela, il en restait tout juste assez pour passer la nuit.

Personne ne savait quand Dina dormait, ni même si elle dormait. Elle déambulait nuit et jour, chaussée de souliers de voyage aux talons ferrés. D'un mur à l'autre. Elle tenait toute la maison éveillée.

Tea rapportait que la grande Bible noire, que Dina avait hérité de sa mère, restait toujours ouverte.

De temps à autre, la jeune maîtresse riait sourdement. Ce n'était pas beau à entendre. Tea ne pouvait pas dire si elle se moquait des textes sacrés, ou si elle avait autre chose en tête...

Quelquefois, elle refermait les pages avec rage et repoussait le livre comme elle l'aurait fait avec un déchet de viande d'abattage.

Jacob ne fut enterré que sept jours après qu'on l'eut retrouvé. À la mi-décembre. Il y avait tant de préparatifs à faire. Tant de gens à inviter. La famille, les amis, les relations importantes, tous devaient être priés d'assister aux funérailles. En fait, le froid persistait et le cadavre mutilé et gorgé d'eau pouvait se conserver dans le fenil. Par ailleurs il fallut y aller à la barre à mine et au pic pour creuser la tombe.

La lune envoyait des signaux à travers les lucarnes et contemplait d'un œil stérile le destin de Jacob. Ne faisant aucune différence entre vivants et morts. Décorant de blanc et d'argent le sol du fenil. Et dessous, le foin, symbole de chaleur et de satiété, de canicule et de délices.

À l'aube d'un matin, ils s'habillèrent pour l'enterrement. Les bateaux étaient fin prêts. Un silence pieux inhabituel régnait dans la maison. Personne ne comptait sur la venue du jour à cette saison. Mais la lune prêtait assistance.

Dina s'appuyait à l'encadrement de la fenêtre, se faisant d'acier, quand on vint pour l'aider à revêtir les vêtements noirs confectionnés pour l'enterrement. Elle avait refusé de les essayer.

Elle paraissait se concentrer sur chaque muscle, chaque pensée. Elle présentait un corps impassible aux sévères femmes en deuil.

Au début, elles ne lâchèrent pas prise. Il fallait qu'elle se change. Il fallait qu'elle suive l'enterrement. Toute autre chose était impensable. Mais elles durent se rendre à l'évidence. À l'aide de sons gutturaux inhumains, elle leur fit comprendre qu'elle n'était pas en état de jouer le rôle de la veuve à l'enterrement. Justement pas ce jour-là.

Les femmes sortirent de la chambre, effarées. L'une après l'autre. La plus âgée en dernier. Toute prête à excuser et à expliquer. Aux tantes, aux dames, aux autres épouses, et — surtout — au commissaire, le père de Dina.

Il fut le pire à convaincre. Il entra en trombe dans la chambre de Dina, sans frapper. La secoua et la gronda, et, avec une fermeté toute paternelle, lui envoya une gifle tout en déversant un flot d'invectives.

La vieille dame dut intervenir. Quelques témoins assistaient à la scène, les yeux baissés.

C'est alors que Dina poussa à nouveau ses cris de bête. Tout en battant des bras et en s'arrachant les cheveux. Une atmosphère incompréhensible emplissait la pièce. Un halo de folie encerclait la jeune femme dépenaillée, la chevelure en désordre et les yeux hagards.

Ce cri rappelait au commissaire un événement qu'il n'avait jamais oublié. Qui le poursuivait nuit et jour. À travers ses rêves et jusque dans ses moindres occupations. Un événement qui, treize ans après, l'obligeait encore à chercher, sans trouver, quelqu'un ou quelque chose sur lesquels faire passer son désespoir.

Les témoins de la scène trouvaient que le père de Dina se montrait bien dur. Mais évidemment, il était inconvenant qu'une si jeune femme ne fasse pas ce que l'on attendait d'elle.

À la fin, elle les eut à l'usure. On décida qu'elle était trop malade pour assister à l'enterrement de son époux. Mère Karen le décréta bien haut et sans détours :

— Dina Grønelv est si malade et déprimée qu'elle ne tient pas debout. Elle pleure tout le temps. Et il est arrivé une chose terrible, elle a perdu l'usage de la parole.

D'abord on entendit le son étouffé des voix de ceux qui embarquaient. Puis vint le grincement du bois contre le métal quand on cala le cercueil entre les branches de genévrier qui décoraient le bateau et les femmes en deuil, éplorées. Puis les sons et les voix se figèrent sur l'eau comme une mince couche de glace longeant la côte. Et se perdirent entre la mer et les montagnes. Ensuite le silence enveloppa la ferme, comme si c'était cette dernière qui conduisait le deuil. La maison retenait sa respiration. Laissait échapper un léger soupir entre ses solives, de temps à autre. Une maigre et triste plainte pour rendre un dernier hommage à Jacob.

Les œillets roses en papier glacé tremblotaient dans la brise du fjord entre les branches de sapin et de genévrier. Il était inutile d'aller plus vite avec un pareil fardeau. La mort et son irréel décor prenaient leur temps. Ce n'était pas Lucifer qui était attelé aujourd'hui. Et ce n'était pas Dina qui tenait les rênes. Le cercueil était lourd. Ils l'avaient bien senti, ceux qui l'avaient porté. C'était aussi le seul moyen pour transporter un tel fardeau jusqu'à l'église.

Six paires de rames grinçaient dans leurs tolets, la voile pendait mollement au mât, refusant de se gonfler. Des nuages gris-blanc passaient lentement. Une humidité glaciale s'installait petit à petit.

Les bateaux se suivaient les uns après les autres. Un défilé triomphal en l'honneur de Jacob Grønelv. Les mâts et les avirons pointaient vers la mer et vers le ciel. Les rubans des couronnes voltigeaient. Le temps de leur parade était limité.

Mère Karen ressemblait à un vieux drap jauni. Bordé de dentelles, il est vrai.

Les servantes avaient des allures de balles de laine mouillées, dans le vent.

Les hommes ramaient et avaient tellement chaud

que la sueur dégoulinait derrière les moustaches et les barbes. Ils ramaient en mesure.

À Reinsnes, tout était prêt. Les canapés tartinés sur de grands plats. Les gâteaux étaient mis en réserve dans des boîtes posées sur le sol de la cave et, recouverts d'un linge, sur les étagères du garde-manger.

Verres et tasses étaient soigneusement alignés sur toutes les tables et dans l'office sous des serviettes de lin brodées des initiales de Dina Grønelv et d'Ingeborg Grønelv. On avait été obligé de se servir des trousseaux des deux épouses de Jacob Grønelv. Les verres avaient été astiqués sous la direction d'Oline.

On attendait beaucoup de monde après l'enterrement.

Dina chauffait avec rage, bien que les roses de glace sur les vitres aient fondu. Son visage, gris le matin même, reprenait couleur petit à petit.

Elle allait et venait avec impatience, un petit sourire aux lèvres. Quand la pendule sonna, elle leva la tête comme un animal aux aguets.

Tomas laissa tomber sa brassée de bois dans le récipient de fer forgé, avec le moins de bruit possible. Puis il enleva son bonnet et le serra, gêné, entre ses grosses mains. Follement intimidé parce qu'il se trouvait dans la salle, avec le lit à baldaquin et le violoncelle, là où dormait Dina.

— Mère Karen m'a demandé d'rester pendant qu'les autres ils accompagnent le Jacob à sa dernière demeure, murmura-t-il. C'est pour aider la Dina si elle a besoin de moi, ajouta-t-il.

Il ne dit pas que le commissaire et Mère Karen avaient de préférence choisi le solide gaillard qu'il était pour empêcher Dina de faire un malheur pendant leur absence.

Elle restait debout devant la fenêtre, ne daignant même pas se retourner.

La lune ressemblait à un pâle fantôme. Un avorton de jour essayait sans succès de percer vers le nord et vers l'ouest. Mais les vitres restaient noires.

Le garçon remit son bonnet et s'en alla, se croyant indésirable.

Mais quand le cortège fut loin sur le fjord, Tomas revint dans la salle, cette fois avec une carafe d'eau fraîche.

— Si Madame voulait bien se servir.

Puis, comme elle ne remerciait pas et ne faisait même pas mine de le voir, il posa la carafe sur la table près de la porte et se retournant vers elle :

— Madame n'veut pas d'mon aide l'jour de l'enterrement, dit-il tout bas.

Elle sembla tout à coup se réveiller. Rapidement, elle avança vers lui et se colla contre lui, le dépassant d'une demi-tête.

Puis elle leva la main et passa ses longs doigts sur son visage. Comme une aveugle.

Il eut la sensation d'étouffer. Il oubliait de respirer. Si près ! Il n'arrivait pas à saisir ce qu'elle voulait. Elle était là, tout contre lui, l'étourdissant de son parfum. Tandis qu'elle suivait de son index les lignes de son visage.

Lentement, il devint rouge. Et il ne pouvait plus la regarder. Il sentait son regard en attente. Il rassembla brusquement tout son courage et la fixa.

Elle inclina la tête, le questionnant des yeux.

Il hocha la tête — juste pour répondre — pensant prendre la porte.

C'est alors qu'elle sourit et se pressa encore plus contre lui. De deux doigts de la main gauche, elle commença à déboutonner son gilet usé.

Il recula de deux pas vers la porte. Il ne savait plus

quelle contenance prendre, sans risquer d'être étouffé, ou brûlé vif ou de disparaître de la surface de la terre.

Elle s'arrêta une seconde et renifla l'odeur d'écurie qui émanait de lui. Les narines dilatées. Et vibrantes !

Alors il acquiesça à nouveau. Avec désespoir.

Cela devenait intenable. Le temps s'était arrêté ! Tout à coup, il se baissa pour ouvrir la porte du poêle et y jeter une bûche. Il rajouta trois branches de bouleau humides et crépitantes.

Se relever et rencontrer son regard demanda une force surhumaine.

Brusquement il sentit sa bouche sur la sienne. Ses bras s'agrippaient à lui comme des branches de saule pleines de sève printanière. Son parfum était si fort qu'il ferma les yeux.

Il n'aurait jamais pu imaginer chose pareille. Même dans ses rêves les plus fous, sous la couverture usée, dans la chambre des garçons de ferme. Et voilà où il en était maintenant, ne pouvant que se laisser faire.

Les couleurs des broderies de son peignoir, les murs dorés décorés de guirlandes peintes, le plafond aux épaisses solives, les rideaux rouge sang, tout vacillait. Les étoffes se perdaient dans les étoffes. Les membres s'emmêlaient. Les mouvements, les meubles, l'air, les épidermes.

Il se trouvait dans un état second. Et, cependant, présent.

L'odeur et le bruit sourd de corps en mouvement. La force d'une double respiration.

Les mains posées sur sa poitrine, elle le déboutonnait, lui enlevait ses vêtements un par un. Comme si elle n'avait jamais fait que cela.

Il se voûta, laissant pendre ses bras. Comme s'il avait honte de ses sous-vêtements pas très nets et des trois boutons manquant à sa chemise. En vérité, il ne savait plus où il était, ni comment il y était parvenu, ni ce qu'il était en train de faire.

Elle embrassa le garçon nu, ouvrit son peignoir et l'y enferma contre son grand corps ferme.

Il s'échauffa et reprit courage. Ressentant comme une douleur physique les étincelles de sa peau contre la sienne. Il avait la chair de poule.

Il restait les yeux fermés, mais cependant percevait chaque courbe, chaque pose du grand corps blanc, à en perdre la raison.

Quand ils furent nus tous les deux, assis sur la peau de mouton devant le poêle en fonte, il crut qu'elle allait parler. Il était étourdi de gêne et de désir. Les sept bougies du candélabre sur la table de toilette l'effrayaient, comme si elles étaient un présage de l'enfer. La lumière clignotante dans la glace reflétait leur image.

Elle commença par fouiller le corps du garçon. Au début avec une certaine douceur. Puis de plus en plus follement. Comme poussée par un appétit insatiable.

D'abord il eut peur. Il n'avait jamais été en présence d'une telle faim. Finalement, hoquetant, il se renversa sur la couche. La laissant verser de l'huile sur un brasier plus puissant qu'il ne l'avait imaginé.

Par éclairs il revenait à lui et se rendait compte qu'il la serrait contre lui et faisait des gestes jusqu'ici inconnus. L'atmosphère était saturée de féminité.

Sa peur était énorme, comme la mer. Mais son désir aussi puissant que le ciel tout entier.

Au cimetière le cercueil contenant la dépouille de Jacob Grønelv, armateur et propriétaire, fut descendu dans la fosse, orné de ses fleurs en papier glacé.

Le pasteur dans son sermon fit ce qu'il put pour assurer à Jacob une place au paradis — sachant fort bien que, tout brave homme qu'il eût été, Jacob n'avait rien eu d'un enfant de chœur. Et cela malgré sa triste fin.

Certains dans le cortège ressentaient un vrai chagrin. D'autres pensaient au temps qu'il fallait pour le retour. D'autres étaient juste présents, écoutant à moitié. Tout le monde avait très froid.

Le pasteur récita les formules rituelles et jeta ses petits tas de terre parcimonieux au nom du Père. Et la cérémonie fut terminée.

Les hommes aux visages sérieux et ravinés pensaient au punch. Les femmes aux yeux noyés pensaient aux canapés. Les servantes pleuraient à chaudes larmes. Tout compte fait, l'homme couché dans le cercueil avait été un bon maître.

La vieille dame était encore plus pâle et plus transparente qu'à l'aller. Les yeux secs sous son châle noir à franges elle s'appuyait sur Anders et le commissaire. Tous deux avaient le chapeau à la main.

Le psaume était interminable et pas très mélodieux. On le percevait à peine jusqu'au moment où le sacristain l'entonna de sa rude voix de basse. Il était toujours là pour sauver la situation, le sacristain.

Dans la salle, tous rideaux tirés, le garçon de ferme Tomas était en flammes. À la fois au paradis et en enfer. Mais bien vivant.

Les vitres et la glace étaient recouvertes de buée. Une odeur forte régnait, imprégnant les épidermes, les coussins, les rideaux.

Le palefrenier Tomas prenait possession de la salle, comme Jacob Grønelv l'avait fait quand la veuve de Reinsnes lui en avait ouvert la porte.

La veuve s'appelait Ingeborg. Elle mourut un jour où elle se baissait pour caresser le chat. Maintenant elle allait avoir de la compagnie, là où elle était.

La salle n'était que halètements, peaux et chaleur. Le sang battait dans les artères. Aux tempes. Les corps étaient comme des chevaux lancés dans les steppes. Ils chevauchaient vers l'infini. La femme était déjà une cavalière habile. Mais il la suivait de près. Les planchers grinçaient, les poutres gémissaient.

Les portraits de famille et les tableaux oscillaient légèrement dans leurs cadres ovales noirs. Les draps du lit restaient secs et abandonnés. Le poêle cessa de ronfler, restant dans son coin, sans vergogne, aux écoutes.

En bas, les verres et les canapés étaient posés en file d'attente interminable. Attendant quoi ? Attendant que Dina, la maîtresse de Reinsnes, arrive en glissant sur la rampe de l'escalier. Nue, ses cheveux noirs déployés comme un parapluie à moitié ouvert sur son grand corps parfumé ? Oui, justement !

Lui descendit l'escalier en courant derrière, entortillé dans un drap à dentelles, les jambes poilues, les gros orteils aux ongles sales. Il sentait la terre nouvellement labourée, à tel point que l'atmosphère vertueuse de la pièce sembla s'en offusquer.

Ils emportèrent des canapés et du vin. Un grand verre et une grande carafe. Un canapé chipé par-ci par-là sur les plats afin que personne ne s'en aperçoive. Ils jouaient à voler des nourritures défendues.

Avec adresse, Dina comblait tous les trous de ses doigts agiles qui sentaient le poisson et la terre salée. À la fin, elle recouvrit le tout du linge brodé d'initiales.

Ils se glissèrent comme des voleurs jusque dans la salle. S'installèrent sur la peau de mouton devant le poêle. Tomas en ouvrit les deux portes.

Léda et le Cygne n'étaient qu'une pâle réplique du couple. Le vin pétillait.

Dina mangeait goulûment le saumon fumé et la viande salée. Le pain s'émiettait sur ses seins fermes et sur son ventre rond.

Tomas, se trouvant en présence de sa maîtresse, essayait de garder de bonnes manières. Mais il buvait des yeux le corps de Dina, soupirant, l'eau à la bouche.

Leurs yeux brillaient au-dessus du verre commun. Il

était monté sur un très haut pied vert. C'était un cadeau de mariage fait à Ingeborg et son premier mari. Il n'était pas de très bonne qualité. Il datait de l'époque précédant la richesse venue des grands chalutiers, de la morue séchée et du grand commerce avec Trondheim et Bergen.

Bien avant le retour du cortège, ils rangèrent le verre et le reste du vin au plus profond du placard.

Deux enfants, l'un terrorisé et l'autre plein d'initiative, avaient joué un tour aux adultes. Le jeu de dés chinois de Jacob regagna son étui de soie. Toutes traces furent effacées.

Enfin Tomas se retrouva rhabillé et bonnet à la main devant la porte. Elle griffonna quelques mots sur l'ardoise qu'elle avait toujours à portée de la main et le laissa lire avant d'effacer soigneusement d'une main ferme.

Il acquiesça et regarda nerveusement par la fenêtre. Écouta pour guetter le bruit des avirons. Crut les entendre. Et tout à coup comprit ce qu'il venait de faire. En endossa toute la responsabilité. Il sentait déjà la colère du Seigneur déferler sur ses épaules. Comme des coups de fouet. La bouche de Tomas tremblait. Mais il n'éprouvait aucun repentir.

Quand il se retrouva sur le palier sombre, il savait qu'il n'était plus protégé par personne. Tel un gladiateur, il tiendrait tête avec fierté. Et cela pour une seule et unique aventure ! Dépassant les limites du descriptible !

Il se savait condamné à coucher sur une paillasse, mois après mois. Où il continuerait à sentir l'haleine de la femme sur son visage. Couché, les yeux ouverts, revivant tout. La salle. Les odeurs.

Et l'ardeur de sa jeunesse, dans son rêve, fera se soulever la mince couverture.

Il se savait aussi condamné à la vision du cercueil de Jacob. Se balançant entre eux. Et à toutes ces impressions qui iraient se fondre en une seule grande vague qui l'enverrait dans les étoiles.

Il ne pourrait alors empêcher le flot de s'écouler sur sa pauvre paillasse.

Dina était pâle de poudre, et calme, quand les bateaux accostèrent. Elle était au lit, évitant ainsi de se montrer aux invités.

Mère Karen donna des nouvelles de Dina en descendant de la salle. Sa voix était de miel aux oreilles du commissaire. Elle se mêlait agréablement à la chaleur du punch.

La gravité de la situation, le chagrin même, étaient maintenant plus faciles à supporter, une fois les derniers devoirs rendus à Jacob. Le calme, avec le retour aux choses pratiques, s'installa lentement dans les conversations, au cours de la soirée.

Tout le monde partit tôt comme il est convenable de le faire en pareille circonstance.

Dina se leva et fit une patience sur la table en noyer. Elle réussit au troisième essai. Alors elle soupira, et émit un bâillement.

PREMIER LIVRE

1

> Au malheur le mépris ! C'est la devise des heureux ; à celui dont le pied chancelle est réservé le mépris.
> (Livre de Job, 12, 5)

Je suis Dina. Qui suis réveillée par les cris. Ils restent accrochés dans ma tête. Parfois, ils me dévorent le corps.

L'image de Hjertrud a explosé. Comme le ventre d'un mouton écorché. Son visage, c'est les cris qui sortent sans arrêt.

Tout avait commencé quand le commissaire l'avait amené avec lui à son retour de l'Assemblée d'automne. Une vraie trouvaille, ce forgeron ! Natif de Trondheim. Un sorcier dans son genre.

Bendik savait forger les choses les plus curieuses. Vraiment un homme utile à toutes sortes de travaux.

Il installait au-dessus des meules à aiguiser un système qui versait sept cuillerées d'eau sur la lame de la faux tous les dix tours de manivelle. Il forgeait des serrures qui se coinçaient automatiquement si quelqu'un qui ne connaissait pas le mécanisme essayait d'ouvrir par l'extérieur. En plus, il fabriquait les meilleurs socs de charrues et de belles ferronneries.

On avait donné à ce forgeron le surnom de Longues Joues.

Dès qu'il arriva à la ferme du commissaire, on comprit pourquoi. Il avait un visage long et étroit, et deux yeux formidablement noirs.

Dina venait d'avoir cinq ans, et leva sur lui son regard gris pâle quand il entra dans la pièce, comme si elle voulait le devancer. Elle ne montrait pas exactement de la crainte. Simplement, elle trouvait inutile de faire connaissance.

Cet homme aux yeux noirs, qui, disait-on, était romanichel, jetait sur la femme du commissaire le regard de quelqu'un qui vient d'acquérir un objet précieux. Et en vérité, elle ne trouvait pas cela désagréable.

Aussitôt, le commissaire essaya de se débarrasser du forgeron, trouvant qu'il allait quand même un peu loin.

Mais Bendik restait, encouragé par le doux sourire de Hjertrud.

Il forgea des serrures compliquées pour les portes d'entrée et de placard, et un système d'arrosage pour la meule à aiguiser. Enfin il fabriqua de nouvelles poignées pour l'énorme bassine dans laquelle les femmes faisaient bouillir le linge.

Sur les anses, il fixa un système qui permettait d'incliner la grande bassine à différents niveaux pour vider la lessive. Cela devenait simple et facile à l'aide d'une manivelle sur la suspension.

Finie la crainte de manipuler l'énorme bassine noire. Elle se laissait aisément baisser, tourner et incliner grâce à l'incroyable ingéniosité du forgeron.

On pouvait maintenant diriger l'opération sans avoir peur d'être trop près de la vapeur ou du liquide bouillant.

Dina suivit sa mère dans la buanderie, juste avant Noël. C'était un jour de grande lessive. Quatre femmes étaient à la tâche, ainsi qu'un garçon pour porter l'eau.

Les seaux arrivaient remplis de glaçons et de bouillie de glace fondante. Ils se vidaient gaiement, avec un plouf ! dans les grands tonneaux près de la porte. Ensuite tout fondait dans la bassine et la buée remplissait la pièce comme une brume nocturne.

Les femmes étaient en chemise, le corsage déboutonné. Les pieds nus dans des sabots et les manches retroussées. Leurs mains étaient rougies comme des cochons de lait ébouillantés. Elles soulevaient, tapaient et gesticulaient.

Les visages étaient en liquéfaction sous les turbans serrés. La sueur coulait en ruisseaux le long des joues et des gorges. Elle se rassemblait en un seul cours d'eau qui coulait entre les seins et disparaissait dans les vêtements humides jusque dans des profondeurs souterraines.

C'est au moment où Mme Hjertrud était en train de donner des ordres à une servante que Dina eut envie de regarder de plus près le mécanisme dont tout le monde se vantait.

La lessive bouillait déjà dans la bassine. L'odeur de soude était anesthésiante et bien reconnaissable, comme l'est l'odeur des seaux de toilette par un chaud matin d'été dans le couloir du grenier.

Dina serra ses petites mains sur la manivelle. Juste pour la sentir dans sa main.

En un éclair Hjertrud vit le danger et se précipita.

Dina n'avait pas pris la précaution d'entourer sa main de chiffons, comme le faisaient les servantes. Elle se brûla fortement et retira vivement sa main.

Mais la manivelle s'était déjà déplacée. De deux crans vers le bas.

La direction dans laquelle était tournée la bassine fixa la destinée de Hjertrud. Comme le prévoyait le système, la bassine se vida juste d'une partie de son contenu. Ni plus ni moins. Et s'arrêta. Et continua de bouillir sur son trépied.

Le jet rencontra d'abord avec précision le visage et

la poitrine. Mais se répartit vite en ruisseaux bouillants le long du corps de la malheureuse.

Ils accoururent tous de partout. Arrachèrent les vêtements de Hjertrud.

Dina se trouvait au centre d'images de vapeur et d'éclairs, où elle voyait la peau et une bonne partie de la chair ébouillantée suivre les vêtements imbibés de lessive.

Mais la moitié du visage était épargnée. Comme s'il était important qu'elle se présentât devant Dieu le Père avec assez de visage pour être reconnaissable.

Dina cria « Maman ! ». Mais personne ne répondit.

Hjertrud avait assez de son propre cri.

Le trou rose s'agrandissait et la recouvrait presque. Elle était d'un rouge brûlant. De plus en plus, au fur et à mesure qu'on lui retirait ses vêtements et avec eux, la peau.

Quelqu'un versa sur elle seau d'eau glacée après seau d'eau glacée.

À la fin, elle s'écroula sur le plancher grossier sans que personne n'ose l'aider à se relever. On ne savait plus par où la prendre. Personne ne pouvait la toucher. Elle n'avait plus de surface.

La tête de Hjertrud partait en éclats. Ses cris étaient comme des lames aiguisées. Qui atteignaient tout le monde.

Quelqu'un entraîna Dina dehors dans la cour. Mais les cris traversaient les murs. Faisaient trembler toutes les vitres. S'implantaient dans les cristaux de neige. Montaient de la fumée épaisse des cheminées. Tout le fjord était aux écoutes. Une faible raie rose se montrait à l'est. Le ciel d'hiver aussi semblait ébouillanté.

Dina fut expédiée à la ferme voisine, où les gens la dévisagèrent. Interrogateurs. Comme s'il y avait quelque part en elle une cachette dans laquelle on pouvait découvrir quelque chose.

Une des servantes lui parlait comme à un bébé et la laissa manger du miel à même le pot. Elle en mangea tellement qu'elle en vomit sur le plancher de la cuisine. Et la servante nettoya, son visage exprimant le plus profond dégoût. Ses gronderies ressemblaient au piaillement d'oisillons effrayés sous les toits.

Pendant trois jours, la fille du commissaire resta avec des gens qu'elle n'avait jamais vus. Qui la fixaient sans arrêt, comme si elle venait d'un autre monde.

De temps à autre, elle s'endormait parce qu'elle ne supportait plus tous ces yeux braqués sur elle.

Enfin, le garçon de ferme vint la chercher en traîneau. L'emballa bien dans des peaux de mouton et la ramena à la maison.

À la ferme, tout était silencieux.

Plus tard, une fois qu'elle était oubliée sous une table à l'office, elle apprit que Hjertrud avait crié toute une journée et toute une nuit avant de perdre connaissance et de mourir. La moitié du visage était sans peau. Ainsi que le bras droit, le cou et le ventre.

Dina ne comprenait pas tout à fait l'expression « perdre connaissance ». Mais elle savait ce que le mot connaissance voulait dire.

Et que Hjertrud avait des connaissances, elle le savait aussi. Surtout quand le père vociférait.

« On doit sa sagesse à Dieu. » — « Tous les dons viennent de Dieu. » — « Le Livre saint est la parole de Dieu. » — « La Bible est un don de Dieu. » Ainsi parlait Hjertrud chaque jour.

Qu'elle soit morte n'était pas si terrible en soi. Le pire, c'était le cri, et la peau arrachée.

Parce que les animaux mouraient eux aussi. À la

ferme, il y avait constamment de nouveaux animaux. Qui ressemblaient à s'y méprendre les uns aux autres, ils étaient pour ainsi dire les mêmes, année après année.

Mais Hjertrud ne revint pas.

Dina porta en elle une image de Hjertrud qui ressemblait à un mouton éventré. Pendant longtemps.

Dina était très grande pour son âge. Et robuste. Assez robuste pour provoquer la mort de sa mère. Mais pas assez quand même pour y assister.

Les gens retenaient leurs mots. Les maîtrisaient. Les mots étaient comme une nappe d'huile sur l'eau. La réalité se trouvait dans les mots. Les mots ne s'adressaient pas à Dina. Elle n'était personne.

Il fut défendu de parler de « l'affreux malheur ». On le faisait quand même. C'était justement la prérogative de tous les domestiques que de commenter les choses défendues à voix basse. Enfin, relativement basse. À l'heure où les enfants devaient être des anges endormis dont on n'était plus responsable.

On disait que Longues Joues avait cessé de fabriquer des mécanismes compliqués pour bassines à lessive. Il avait pris le premier bateau pour Trondheim. Avec tous ses outils de malheur rassemblés dans une malle. Sa renommée l'avait devancé. Celle d'un forgeron qui fabriquait des systèmes pour ébouillanter les gens à mort. On disait qu'il en était devenu bizarre. Oui, et même dangereux.

Le commissaire fit démolir la forge, la buanderie, sa cheminée et son poêle.

Cela avait demandé quatre hommes armés de grosses massues. En plus des quatre qui remblayaient le vieux quai en pierre avec les décombres. Il en fut rallongé de plusieurs aunes.

Aussitôt que le gel lâcha prise, il fit ensemencer le

terrain. Plus tard, des buissons de framboises sauvages l'envahirent sans vergogne.

En été il partit pour Bergen avec le caboteur de Jacob Grønelv et il fut absent jusqu'à l'Assemblée d'automne.

C'est ainsi que Dina n'échangea pas un mot avec son père, depuis le jour où elle avait ébouillanté sa mère jusqu'à son retour neuf mois plus tard.

C'est alors que la servante raconta que Dina avait cessé de parler.

Quand le commissaire revint de l'Assemblée, il retrouva un oiseau sauvage. Avec un regard que personne ne pouvait capter, des cheveux jamais nattés, et allant pieds nus même s'il gelait déjà la nuit depuis longtemps.

Elle prenait de la nourriture où bon lui semblait et n'était jamais à table. Elle passait sa journée à jeter des pierres sur les gens qui venaient à la ferme.

Cela, bien sûr, lui valait bon nombre de gifles.

Mais dans un certain sens, c'était elle qui avait le dessus. Elle n'avait qu'à lancer une pierre et ils accouraient tous.

Dina dormait pendant plusieurs heures dans la journée. Dans la paille de l'écurie. Les chevaux, qui en avaient l'habitude, mangeaient avec précaution autour du corps endormi. Ou bien ils l'effleuraient à peine de leurs gros mufles pour retirer le foin sous elle.

Elle fit semblant de rien quand le commissaire mit pied à terre. Elle était assise sur un rocher, balançant ses longues jambes maigres.

Les ongles de ses orteils étaient incroyablement longs, crevassés de saleté.

Les servantes n'en venaient pas à bout, disait-on. L'enfant refusait obstinément tout contact avec l'eau. Elle criait et s'échappait, même si on s'y mettait à deux. Pour rien au monde elle n'entrait dans la cuisine si on était en train de faire cuire quelque chose sur le grand poêle noir.

Elles s'excusaient mutuellement, les deux servantes. Elles avaient trop à faire. Il était difficile de se procurer de l'aide. Il était difficile de venir à bout d'une enfant si sauvage et si abandonnée.

Elle était si sale que le commissaire ne savait par quel bout la prendre. Il surmonta sa répugnance au bout de quelques jours. Et il essaya de toucher le corps malodorant et rétif, si possible pour prendre contact, et la ramener à une existence chrétienne. Mais il dut abandonner.

En plus il revoyait sa malheureuse Hjertrud. Revoyait son pauvre corps brûlé. Entendait ses cris délirants.

La belle poupée allemande à tête de porcelaine resta là où l'on avait ouvert le paquet. Au milieu de la table. Jusqu'au moment où la servante qui devait mettre le couvert demanda ce qu'il fallait en faire.

— Dieu sait ! dit l'autre qui se considérait comme le chef.

— Mets-la dans la chambre de la gosse.

Bien plus tard, le garçon de ferme la retrouva dans la fosse à purin. Dans un tel état qu'on eut du mal à la reconnaître. Mais ce fut un soulagement. Depuis plusieurs semaines il régnait un certain trouble autour de l'histoire de la poupée. Le commissaire l'avait réclamée à Dina, mais comme elle ne faisait pas mine d'aller la chercher, on déclara la poupée perdue. Libre à chacun de se sentir soupçonné.

Quand elle fut retrouvée, le commissaire fit appeler Dina. Lui demanda sévèrement comment la poupée avait bien pu atterrir dans la fosse à purin.

Dina haussa les épaules et fit mine de s'en aller.

Alors elle reçut une fessée. C'était bien la première fois que cela lui arrivait. Il la renversa sur son genou et la fessa, le derrière nu. La sale gosse endurcie lui mordit la main, comme un chien !

Mais cela donna au moins un résultat satisfaisant. Depuis cet événement elle regardait toujours les gens droit dans les yeux. Comme si elle voulait tout de suite savoir à quoi s'en tenir, et si elle serait battue.

De longtemps, le commissaire ne lui fit plus de cadeau.

Pour être exact, le suivant fut le violoncelle donné à la demande de M. Lorch.

Mais Dina possédait un petit coquillage brillant de nacre, grand comme l'ongle de son petit doigt. Elle le conservait dans une tabatière, dans un vieux coffret de barbier.

Chaque soir, elle le sortait et le montrait à Hjertrud. Celle-ci était assise, détournant la tête pour cacher la partie abîmée de son visage.

Le coquillage, tout à coup, avait brillé à sa rencontre sur la plage. Il portait de toutes petites raies d'un rose nacré qui se terminaient en pointe, légèrement bigarrées vers le bas. Et il changeait de couleur avec les saisons.

À la lumière de la lampe, il était mat et nacré. Mais au jour, près de la fenêtre, il était dans sa main comme une petite étoile. Transparente, blanche.

C'était un bouton de la chemise céleste de Hjertrud ! C'était elle qui le lui avait jeté !

Personne n'imaginait que Hjertrud pût lui manquer. Puisque c'était elle qui l'avait expédiée dans l'autre monde.

Personne ne disait que c'était elle qui avait déclenché le système verseur de la lessiveuse. Mais tout le monde le savait. Le père aussi. Il était assis dans le fumoir. Ressemblait aux hommes sur les vieilles gravures du salon. Grand, imposant, grave. Le visage impassible. Il ne lui parlait pas. Il ne la voyait pas.

Dina fut envoyée dans une des métairies qui s'appelait Helle. Là il y avait profusion d'enfants et pénurie du reste. Alors un enfant qui rapportait n'était pas négligeable.

Le commissaire payait bien. À la fois en argent, en farine et en dispense de travaux.

On disait que la petite allait réapprendre à parler. Que cela lui ferait du bien d'être avec d'autres enfants. Et que cela évitait au commissaire de se rappeler chaque jour la fin de sa pauvre Hjertrud.

À Helle, ils essayèrent d'approcher la petite Dina, les uns après les autres. Mais son monde n'était pas le leur.

Elle semblait avoir avec eux le même rapport qu'elle avait dehors avec les bouleaux, ou les moutons qui passaient les champs fauchés en automne. Ils faisaient partie du paysage familier dans lequel elle se mouvait. Pas plus.

À la fin ils abandonnèrent et retournèrent à leurs occupations. Elle fit partie du quotidien, exactement comme le bétail, qui demandait un minimum de soins, mais pour le reste était livré à lui-même.

Elle n'accepta aucune de leurs avances et refusa tout essai de contact. Et elle ne répondait pas par des mots quand ils lui parlaient.

L'année où elle eut dix ans, le pasteur prit le commissaire à part. Il l'exhorta à reprendre sa fille à la maison et à lui donner des conditions de vie dignes de son rang. Elle avait besoin à la fois d'éducation et de connaissances, pensait le pasteur.

Le commissaire baissa la tête et marmonna qu'il y avait pensé lui aussi.

De nouveau, Dina fut ramenée à la maison en traîneau. Aussi muette que lorsqu'elle en était partie, mais en bien meilleur état. Lavée et peignée.

Dina eut un précepteur qui répondait au nom distingué de M. Lorch et qui ignorait l'histoire de Hjertrud.

Il avait interrompu ses études de musique à Christiania pour rendre visite à son père mourant. Mais une fois le père mort, il n'eut plus d'argent pour y retourner.

Lorch apprit à Dina les lettres et les chiffres.

La Bible de Hjertrud, avec ses millions de signes à fioritures, fut utilisée avec assiduité. Et l'index de Dina suivait les lignes comme un chasseur de rats qui tirerait après lui ces crapoussines de lettres.

Lorch avait apporté avec lui un vieux violoncelle. Empaqueté dans un morceau de feutre. Débarqué dans ses bras, comme un trop grand bébé.

Une des premières choses qu'il fit fut d'accorder l'instrument et de jouer un simple psaume, sans partition.

Il n'y avait que les domestiques dans la maison. Mais ils racontèrent ensuite tous les détails à qui voulait les entendre.

Quand Lorch commença à jouer, les yeux gris clair de Dina se révulsèrent comme si elle allait s'évanouir. Les larmes coulaient à flots le long de ses joues, et elle faisait craquer les jointures de ses doigts au rythme du violoncelle.

Quand M. Lorch vit l'effet que faisait la musique sur la petite fille, il s'arrêta, effrayé.

C'est alors que le miracle se produisit !

— Encore ! Joue encore ! Joue encore !

Elle criait. Les mots étaient réels. Elle pouvait les dire. Ils étaient à elle. Elle était.

Il lui apprit la position des doigts. Ses doigts étaient au début beaucoup trop petits. Mais elle grandissait vite. En peu de temps, elle maîtrisa si bien l'instrument que Lorch se permit de dire au commissaire que Dina devrait avoir un violoncelle.

— Et qu'est-ce que la gamine en fera, d'un violoncelle ? Il vaudrait mieux qu'elle apprenne à broder !

Le précepteur, à l'aspect malingre et timoré, mais en fait aussi têtu qu'une noix récalcitrante, fit remarquer en toute humilité qu'il ne pouvait pas lui enseigner la broderie. Mais par contre à jouer du violoncelle.

C'est ainsi qu'un violoncelle, coûtant de nombreux écus, arriva dans la maison.

Le commissaire désirait le garder au salon, pour que tous les visiteurs puissent s'exclamer d'admiration.

Mais Dina était d'un autre avis. Elle voulait le garder dans sa chambre à l'étage. Les premiers jours, elle le remontait chaque fois que son père avait donné l'ordre de le descendre au salon.

Mais au bout de quelques jours, la fatigue envahit le commissaire. Un arrangement tacite fut conclu entre le père et la fille. Chaque fois que des gens de qualité ou des invités de marque venaient, on descendait le violoncelle au salon. On allait chercher Dina à l'écurie, on la lavait, on l'habillait d'une jupe à volants et d'un corsage, et elle devait jouer des psaumes.

M. Lorch, comme assis sur des épingles, tortillait sa moustache. Il ne lui venait pas à l'idée qu'il était probablement le seul dans la pièce à remarquer les petites fausses notes de Dina.

Dina comprit très tôt que M. Lorch et elle avaient une chose en commun. Ils étaient mutuellement responsables de leurs imperfections. Petit à petit ce fut une sorte de consolation.

Quand le commissaire fulminait au-dessus de la tête baissée de Lorch parce que Dina, après trois ans d'enseignement ininterrompu, ne savait toujours pas lire autre chose que la Bible de Hjertrud, elle ouvrait alors la porte de sa chambre, plaçait le violoncelle entre ses cuisses et laissait la musique des psaumes préférés de son père déferler dans le bureau. Cela ne manquait pas de faire son effet.

Elle avait appris à compter si vite qu'elle faisait honte à l'employé de la boutique en calculant des additions à plusieurs chiffres avant même qu'il ait eu le temps de les noter. De cela, personne ne parlait. Sauf M. Lorch.

Chaque fois que Dina lisait son catéchisme à haute voix devant son père, il se défendait avec une feinte humilité contre les accusations d'incapacité dans ses fonctions.

Parce que Dina inventait les mots qu'elle n'arrivait pas à lire, si bien que le texte était souvent méconnaissable, mais beaucoup plus coloré que l'original.

Les domestiques pinçaient la bouche et n'osaient pas se regarder de peur d'éclater de rire.

Non, les chiffres ! C'était contre nature pour une fille ! C'est son frère cadet qui aurait dû apprendre les chiffres, marmonna le commissaire, la voix brisée. Et il quittait la pièce. Tout le monde savait que sa femme était enceinte de plusieurs mois quand elle avait été ébouillantée.

Mais ce fut, pour être juste, le seul reproche indirect que Dina eût jamais reçu du commissaire.

Il y avait à Fagernesset un vieil harmonium. Au fond du salon. Drapé et décoré de vases et de coupes.

Mais il était si mauvais que M. Lorch refusa d'apprendre à Dina à jouer dessus. Il suggéra au commissaire qu'il serait bon pour une maison qui recevait tant d'invités de marque, aussi bien de l'étranger que du pays, de posséder un piano. C'était en plus un beau meuble !

Et puis, un piano devait nécessairement rester au salon. De cette manière, le commissaire pouvait se venger de la ténacité de Dina à propos de la place du violoncelle.

Un pianoforte anglais, noir, arriva à la maison. Solennellement et avec beaucoup d'efforts, il fut enfin libéré de ses copeaux et de ses chiffons et sorti de sa solide caisse.

M. Lorch l'accorda, remonta les jambes de son pantalon usé aux genoux, et se glissa avec précaution sur le tabouret.

Il y avait une chose que M. Lorch faisait mieux que toute autre. C'était de jouer du piano !

Les yeux perdus dans le lointain il commença à jouer du Beethoven. La *Sonate appassionata*.

Dina était assise tout contre le dossier en velours de la chaise longue. Ses pieds se balançaient en l'air. Sa bouche émit un profond soupir quand les premiers accords emplirent la pièce.

Le visage de Dina n'était que rivières et ruisseaux. Un grand bruit se fit entendre et elle se retrouva sur le plancher.

Le commissaire ordonna d'arrêter. La petite fut envoyée dans sa chambre. Elle avait douze ans et aurait dû savoir se tenir convenablement.

Au début, M. Lorch n'osait plus s'approcher du piano. Même si Dina suppliait, rageait ou faisait des promesses.

Mais un jour, le commissaire partit en réunion et devait être absent une semaine. Alors M. Lorch ferma toutes les portes et les fenêtres du salon, malgré le soleil de mai qui chauffait.

Et à nouveau il remonta les jambes de son pantalon et se glissa avec précaution derrière l'instrument.

Il laissa ses mains reposer un instant sur les touches avant d'y poser ses doigts avec amour.

Au moins, il espérait que la réaction de Dina à la *Sonate appassionata* était passée. Ce jour-là il choisit une valse et la tarentelle de Chopin.

Mais il pouvait y aller de tout son répertoire. Parce que Dina continuait à pleurer et à sangloter.

Ils y passèrent la semaine entière. L'enfant avait les yeux tellement rouges quand le commissaire revint qu'ils n'osèrent pas la montrer. Elle se plaignit d'être malade et alla au lit. Elle savait que son père ne viendrait pas dans sa chambre. Il avait une peur maladive de la contagion. Cela lui venait de feu sa mère, disait-il. Il ne s'en cachait pas.

Mais M. Lorch avait un plan. Et un après-midi il en fit part au commissaire alors que les deux hommes étaient au salon et que le commissaire racontait des bribes de son voyage.

C'était quand même dommage, cet instrument coûteux. Et dont personne ne se servait. Le commissaire ne croyait-il pas que les pleurs de Dina cesseraient si elle s'habituait à écouter de la musique. Oui, quelqu'un qu'il connaissait avait un chien qu'il avait fallu habituer à la musique. Le premier mois, il ne faisait que hurler. C'était terrible. Mais petit à petit, il s'y était habitué. À la fin, il se couchait tranquillement pour dormir. Ah, c'était du violon qu'on jouait, c'est vrai. Mais quand même...

Le commissaire confia finalement à Lorch qu'il ne supportait pas les pleurs. Il y en avait eu assez quand son épouse avait disparu d'une manière si tragique. Elle avait crié toute une journée et une nuit avant d'être délivrée. Depuis, certains sons l'impressionnaient trop.

Et finalement, M. Lorch eut droit à l'histoire de Hjertrud. Comment Dina avait déclenché le mécanisme qui avait fait basculer la bassine remplie de lessive bouillante sur sa pauvre mère.

M. Lorch, qui n'avait pas l'habitude de recevoir des confidences, ne trouva aucun mot de consolation. Cela faisait trois ans qu'il habitait la maison sans savoir pourquoi il avait comme élève un chat sauvage.

Les détails donnés par le commissaire le rendirent malade. Mais il écoutait, habitué par un dur entraînement de musicien à faire la part de l'art et de la sensiblerie.

Et bien des idées traversèrent la tête sensible de Lorch. Le commissaire, lui, avait bien, d'une certaine manière, surmonté la tragédie. Malgré son chagrin apparent.

M. Lorch s'aventura jusqu'à dire, en termes posés, que c'était tout de même dommage que personne ne joue sur cet instrument coûteux. Il pouvait apprendre à Dina quand le commissaire était absent.

Après que le commissaire eut raconté l'histoire, se fut éclairci la gorge et eut fumé une autre pipe, ils se mirent d'accord.

Ensuite M. Lorch fit une longue promenade. Le long des plages blêmes de fin d'hiver. La neige en bordure était hérissée de pailles sèches, et les oiseaux des mers voltigeaient et tournoyaient sans but.

Sans cesse, le visage durci de Dina était présent. Il l'entendait faire son calcul en vitesse à haute voix, comme une bravade, et sangloter quand il jouait du piano.

Il avait, en fait, pensé partir à Copenhague cet été-là pour reprendre ses études de musique. Il avait mis pas mal d'argent de côté chez le commissaire. Mais il resta. Un jeune homme desséché. Déjà un peu chauve et au visage marqué, avant même la trentaine.

Il avait en quelque sorte trouvé une vocation.

Dina continua à parler. Tout d'abord seulement à Lorch. Mais petit à petit aussi aux autres qui se trouvaient sur son chemin.

Elle apprit à jouer du piano. D'après les partitions de Lorch. D'abord des petites chansons et des exercices. Puis des psaumes et des morceaux classiques faciles.

Lorch était pointilleux sur les partitions. Il écrivit à Trondheim, Christiania et Copenhague pour avoir des morceaux qui convenaient à une débutante. Ainsi, il renoua également avec ses anciens amis musiciens.

Dina apprit à la fois à jouer et à écouter sans hurler comme un loup. Et la famille du commissaire eut la réputation d'être musicienne. Les visiteurs assis au salon écoutaient du violoncelle et du piano. Et buvaient du punch. Voilà qui était décent et d'une grande distinction. Le commissaire était très satisfait.

M. Lorch, avec son apparence usée et morose, son style étriqué et gauche, sa personnalité renfermée et ennuyeuse, fut promu au statut d'artiste.

Lorch racontait à Dina des tas de choses bizarres venant du monde extérieur. Mais aussi des petites histoires sur la magie et la musique.

Un jour qu'ils étaient en barque sur une mer tout à fait calme, il raconta l'histoire du spectre marin qui devait apprendre à jouer au violoniste. Le son devait être si beau que la princesse en pleurerait et accepterait de se marier avec lui !

Oui, le spectre pouvait lui apprendre cela ! En compensation, il demandait de la bonne viande fraîche.

Et le spectre s'y mit. Le violoniste apprit si bien qu'il pouvait jouer sans même enlever ses gants. C'est alors qu'il se souvint qu'il n'avait pas de viande. Faute de mieux, il jeta un os rongé dans la mer.

— Qu'est-ce qui est arrivé alors ? demanda Dina.

— Il n'aurait jamais dû essayer de tromper le spectre. Le spectre lui a alors chanté jour et nuit :

Tu m'as donné un os avec rien dessus,
Tu sauras tes notes et rien de plus.

— Qu'est-ce que ça veut dire ?

— Qu'il savait très bien jouer, mais qu'il ne toucherait pas le cœur de la princesse.

— Et pourquoi, puisqu'il savait bien jouer ?

— Savoir jouer les notes ne veut pas dire qu'on a

le pouvoir d'émouvoir. La musique a une âme, comme les gens. Il faut aussi la faire entendre...

— Toi, tu sais, dit Dina fermement.

— Merci ! dit l'homme en s'inclinant.

Comme s'il était dans une salle de concert avec une princesse au premier rang.

Pour Dina, Lorch était quelqu'un sur qui on pouvait compter. C'était vers lui qu'elle allait quand quelque chose arrivait. Personne n'osait se moquer de lui quand elle était là.

Il apprit à supporter ses débordements d'affection. Simplement en restant debout tout droit, les bras ballants. Ses yeux étaient comme une toile d'araignée dans les ronces retenant des gouttes de pluie.

Pour elle, cela suffisait.

M. Lorch emmena Dina sur la tombe de Hjertrud. Il y avait de si belles fleurs. Un parterre bordé de gros galets ronds recouverts de mousse.

Lorch parlait tout bas à Dina et lui expliquait des choses sans qu'elle le lui demande.

Que Hjertrud ne lui en voulait pas. Qu'elle était dans son ciel, bien contente d'échapper aux ennuis et aux chagrins de ce monde.

Que tout était en fait prédestiné. Que chacun était un outil dans la vie des autres. Que certaines actions pouvaient sembler terribles aux yeux de certains, mais pouvaient tout aussi bien être une bénédiction.

Dina planta deux yeux transparents sur lui, comme si tout à coup elle pensait avoir fait monter Hjertrud en grade. Oui ! elle l'avait délivrée ! En vérité, elle avait fait ce que personne n'aurait osé faire. Elle avait envoyé Hjertrud tout droit chez Notre Père au paradis. Là où il n'y avait ni chagrin, ni domestiques, ni enfants. Et Hjertrud renvoyait, en reconnaissance, des effluves d'églantines et de myosotis.

L'expression du visage de Dina obligea Lorch à

changer de sujet. Il se dépêcha de décrire les différentes parties des fleurs.

L'été où Dina eut treize ans, le commissaire revint de Bergen avec une barbe remarquablement bien taillée et une nouvelle épouse.

Il la montrait avec fierté, comme s'il l'avait forgée lui-même.

« La nouvelle » emménagea dans la chambre de Hjertrud au bout d'une semaine. Tout le monde à la ferme et chez les voisins trouvait que c'était aller un peu vite.

Deux servantes se mirent à déménager les affaires de feu Hjertrud et à nettoyer la pièce. Elle était restée fermée pendant toutes ces années. Comme un coffre dont personne n'avait la clé et qu'il fallait oublier.

La pauvre Hjertrud n'avait plus besoin de cette pièce, il n'y avait donc aucun mal. Tout le monde le comprenait. Mais quand même. C'était plutôt la manière dont cela se faisait.

Les langues allaient bon train. On disait que le commissaire avait un besoin si pressant de femmes que les servantes ne restaient pas longtemps dans la maison. Si elles voulaient y échapper. De ce fait, la venue de cette Dagny était au moins une bonne chose.

C'était une vraie dame de Bergen. La taille mince comme une aiguille à tricoter, les cheveux relevés en une coiffure compliquée, et portant trois jupons à la fois. Elle aurait pu être une bénédiction pour tous, mais les choses n'allèrent pas si facilement.

Un des premiers visages que la nouvelle maîtresse

des lieux rencontra fut un masque en plâtre de fabrication artisanale.

Dina s'était donné du mal. Elle s'était déguisée avec des draps blancs et ce masque pour faire une surprise à son père.

Le masque était son œuvre. Fait sur les instructions de M. Lorch. Un moulage assez peu réussi du visage de Lorch. Il ressemblait plus à un mort que tout ce que Mme Dagny avait pu voir auparavant. Plus grotesque que drôle.

Le commissaire se mit à rire devant cette apparition à la porte du salon, tandis que Dagny portait la main à son front.

Dès le premier jour, une guerre froide et implacable se déclara entre Dina et Dagny.

Je suis Dina. Hjertrud m'a jeté un petit bouton de son manteau. Autrefois, elle n'aimait pas que j'aie les ongles sales. Maintenant elle ne dit plus rien.

Lorch dit que c'est un don que j'ai de pouvoir compter vite dans ma tête. Il dicte et j'additionne. Quelquefois, je fais des soustractions à plusieurs chiffres aussi. Ou des divisions. M. Lorch calcule alors sur le papier. Et puis il siffle entre ses dents et dit : « Prima ! Prima ! » Et on joue ensemble. Et on ne lit plus les textes saints ou le catéchisme.

Les cris de Hjertrud déchirent les nuits d'hiver en minuscules bouts de chiffons qui voltigent devant ma fenêtre. Surtout juste avant Noël. Autrement elle marche en chaussons de feutre, si bien que je ne sais pas où elle est. On l'a mise à la porte de sa chambre.

Tous les tableaux sont enlevés. La commode est vidée. On a mis les livres chez moi. Ils vont et viennent dans les rayons au clair de lune. Le livre noir de Hjertrud a des bords souples. Et beaucoup d'histoires. Je prends sa loupe et tire les mots vers moi. Ils traversent ma tête comme de l'eau. Cela me donne soif. Mais je ne sais pas ce qu'ils me veulent.

Hjertrud a déménagé complètement. Nous avons un aigle qui tournoie au-dessus de nous. Ils en ont peur. Mais c'est seulement Hjertrud. Ils ne le comprennent pas.

2

Il délivrera même le coupable.
(Livre de Job, 22, 30)

— Tomas ! T'sais pourquoi les chevaux, ils dorment debout ? demanda Dina un jour.

Elle regardait de côté le garçon court et trapu. Ils étaient seuls à l'écurie.

Il venait de la métairie où Dina avait été placée pendant quelques années. Le temps passant, il était devenu assez grand pour gagner quelques sous chez le maître, en dehors des travaux imposés.

Il jeta alors le fourrage dans la mangeoire et resta les bras ballants.

— Les chevaux, ils sont toujours debout quand y dorment, affirma-t-il.

— Oui, mais ils sont aussi debout quand y sont réveillés, remarqua Dina avec sa curieuse logique, et elle sauta dans le crottin de cheval tout chaud, le pressant entre ses orteils comme de gros vers de terre.

— Bon, bon.

Tomas se rendait.

— Alors tu sais rien, toi ? demanda Dina.

— Peuh !

Il crachait et fronçait le front.

— T'sais qu'j'ai brûlé ma mère, et qu'c'est pour ça qu'elle est morte ? demanda-t-elle avec aplomb en le fixant.

Tomas restait là, planté. Il n'arrivait même pas à mettre les mains dans les poches. À la fin il fit un signe affirmatif. Avec recueillement.

— Maintenant toi aussi faut qu'tu restes debout quand tu dors ! déclara-t-elle avec ce sourire étrange qui lui était particulier.

— Et pourquoi ? demanda-t-il, ahuri.

— J'l'ai raconté aux chevaux. Et ils dorment debout ! Maintenant tu l'sais toi aussi. Alors faut qu'tu dormes debout ! Z'êtes les seuls à qui j'l'ai dit.

Elle vira sur un talon sale et quitta l'écurie en courant.

C'était l'été.

La même nuit, Tomas fut réveillé par quelqu'un qui ouvrait la porte de la chambre. Il pensa que c'était le garçon d'étable qui avait changé d'avis et n'était pas allé à la pêche.

Il la sentit tout à coup haletante au-dessus de lui. Il regarda droit dans deux yeux grands ouverts et pleins de reproche. Gris comme du plomb poli dans la lumière nocturne. Profondément enfoncés. Semblant prêts à tomber sur le lit.

— T'as triché ! cria-t-elle en arrachant sa couverture. Tu d'vais dormir debout !

Elle remarqua alors la nudité du garçon qu'il essayait de cacher avec ses mains.

— T'es drôle à voir ! déclara-t-elle.

Enleva complètement la couverture et commença à examiner l'intérieur de ses cuisses.

Il essaya de se défendre par un timide grognement et attrapa son pantalon posé sur le rebord du lit. En un clin d'œil, il se retrouva debout au milieu de la pièce. Mais elle avait déjà disparu. Tout cela s'était-il seulement passé dans sa tête ? Non. Il restait son odeur. Une odeur d'agneau mouillé.

Il n'oublia pas la scène. De temps à autre, il se

réveillait au milieu de la nuit et sentait Dina dans la pièce. Mais il n'avait jamais de preuves.

Il aurait pu fermer de l'intérieur, mais avait comme excuse les autres qui pouvaient trouver cela bizarre. Croire qu'il prenait ses distances.

Il alla jusqu'à s'imaginer que les chevaux le regardaient curieusement quand il leur donnait du fourrage. Quelquefois, quand il leur donnait une croûte de pain et qu'ils ouvraient tout grand leurs mâchoires et montraient leurs dents jaunes, il croyait les voir rire.

Elle était la première à l'avoir regardé. De cette manière-là. Depuis tout était sens dessus dessous.

Il alla traîner vers l'étang derrière le petit bois. Il avait deviné qu'elle s'y baignait. Il se souvint tout à coup que, durant les chauds après-midi, il l'avait vue les cheveux trempés.

Pendant les claires soirées de l'été, il s'imaginait entendre un bruissement dans le foin quand il devait passer à l'écurie.

Il pouvait jurer que quelqu'un bougeait dans les buissons quand lui-même se baignait dans l'étang le soir, le travail fini.

Un soir il se décida ! Sortit de l'eau, tremblant d'excitation et de froid et alla jusqu'à la pierre où il avait laissé ses vêtements. Tranquillement, sans courir avec les mains en bouclier, comme il en avait l'habitude. Et il avait posé ses vêtements sur une pierre bien éloignée de la rive. Comme s'il voulait qu'on le voie.

Ce désir explosa en lui quand il remarqua qu'il y avait vraiment quelqu'un dans les buissons. Quelque chose brilla. Une ombre ! Une étoffe claire ? Un instant, il n'osa pas regarder. Et puis, il commença à se rhabiller en tremblant.

Pendant tout l'été il n'eut qu'elle en tête. Elle inondait toutes ses pensées. Comme un fleuve indomptable.

Je suis Dina. Je n'aime pas les framboises. On les

ramasse dans les ronces derrière le garde-manger, là où était la buanderie. Ces ronces font plus mal que les orties.

Hjertrud se trouve au milieu de l'étang, où flottent les nénuphars. Je vais jusqu'à elle. Mais elle disparaît. D'abord j'avale beaucoup d'eau, et puis je m'aperçois que je flotte parce qu'elle me tient. Maintenant je peux aller dans l'eau et dans la mer et je flotte, parce qu'elle me tient. Tomas ne peut pas. Personne ne le tient.

La taille de Dagny s'était arrondie à peine un mois après qu'elle fut devenue maîtresse des lieux.

La cuisinière prétendait que le commissaire n'avait pas dû épargner sa poudre en tirant son coup. Aux intimes, elle disait qu'elle espérait que cela l'avait calmé une fois pour toutes, qu'il laisserait les servantes tranquilles à l'avenir et qu'elle n'aurait plus à en changer tout le temps.

Le commissaire était tout guilleret. Il faisait de petites promenades dans le bois derrière la ferme, tenant le parasol de Dagny bien haut au-dessus de sa tête. Si haut qu'elle se plaignait du soleil et des branches de bouleau qui venaient égratigner la soie.

Dina posait des pièges. Après maintes réflexions.

Il arrivait que la porte de la chambre de Dagny soit fermée à clé et que la clé reste introuvable. Pour être plus tard retrouvée dans la chambre !

Elle arrivait à se glisser dans la chambre sans qu'on la voie quand Dagny était en bas, à fermer la porte de l'intérieur, laissant la clé dans la serrure. Elle sortait ensuite par la fenêtre.

Elle se servait de son corps comme d'un balancier. Semblable à celui de la vieille horloge du salon. Après avoir pris fortement son élan six ou sept fois, elle arrivait à s'agripper au grand bouleau pleureur devant la fenêtre.

C'était toujours Tomas qui, ensuite, devait aller chercher une échelle et se faufiler à travers les légers rideaux à volants pour aller ouvrir la porte.

On soupçonnait Dina.

On entendait le ton aigu et vexé de la voix de Dagny dans toute la cour.

Mais Dina se taisait. Elle regardait son père droit dans les yeux sans mot dire.

Il lui tirait les cheveux et lui donnait des claques sur les épaules.

Elle niait jusqu'à en écumer de rage. Et le commissaire lâchait prise. Jusqu'à la fois suivante.

Il arrivait que le livre de Dagny, ou son ouvrage de couture, disparaisse complètement. Toute la maisonnée était alors sur pied pour chercher. Sans résultat.

Mais un jour ou deux après, on trouvait le livre ou l'ouvrage à leur place habituelle.

Si Dina prétendait avoir été avec Tomas ou la fille de cuisine, aucun d'eux ne protestait. Ils mentaient sans savoir exactement pourquoi. Le garçon, parce que Dina avait une fois arraché sa couverture et qu'elle l'avait vu nu. Et parce que cela avait allumé en lui un feu qu'il ne pouvait éteindre. Et il savait instinctivement qu'il perdrait toute chance de jamais apaiser ce feu s'il refusait de l'avoir vue dans l'étable, juste au moment où les affaires avaient disparu.

Ce grand échalas de Dina avait aussi la poigne solide et l'humeur très coléreuse. Elle ne s'en était jamais prise à elle. Cependant la fille de cuisine la craignait.

Dagny mit au monde un fils. Et si le mariage avait eu lieu à Bergen, dans la plus stricte intimité, on fit du baptême une affaire d'État.

Coupes et candélabres en argent, nappes au crochet et autres fioritures encombrèrent le buffet et la desserte jour après jour.

Les servantes se demandaient s'il faudrait finalement poser les couverts et les plats par terre.

L'enfant, qui fut prénommé Oscar avec ostentation, criait beaucoup. Et cela, le commissaire ne l'avait pas prévu. Ses nerfs supportaient mal les pleurs.

Mais Dagny s'était agréablement arrondie, elle avait une belle poitrine et fut d'une humeur charmante dès que la bonne d'enfants arriva. Elle faisait venir des créations et des vêtements d'enfant de Trondheim et de Bergen.

Au début, le commissaire, ne voulant pas se montrer mesquin, ne lui refusait rien. Mais les commandes et les paquets ne prenant jamais fin, il s'impatienta. Lui rappela l'état de leurs finances, qui n'était pas brillant en ce moment. Qu'on ne lui avait pas encore payé le poisson expédié à Bergen.

Dagny se mit à pleurer. Oscar pleurait aussi. Mais au prochain arrivage de Trondheim, le commissaire soupira et se retira une heure ou deux.

Et le soir, il sortit de son bureau comme transfiguré, et de nouveau de bonne humeur. Tous ceux qui habitaient la maison du maître pouvaient en témoigner. Parce que le plancher qui séparait la chambre de feu Mme Hjertrud et le rez-de-chaussée avait grincé en cadence.

— Ils auraient pu attendre qu'on soit couchés, grogna la plus âgée des servantes avec mépris.

Mais le commissaire s'en tenait à sa femme. Il laissait tous les autres jupons aller en paix. Alors il fallait bien s'y habituer. Certains trouvaient même divertissants les bruits significatifs qui venaient d'en haut.

On n'avait jamais rien entendu de pareil du temps de la pauvre Hjertrud. Elle avait été un ange. Une sainte. Personne n'arrivait à imaginer qu'elle avait pu faire ça avec ce cochon de commissaire. Mais le fait est qu'ils avaient eu cette gamine. Cette malheureuse Dina qui portait une si lourde faute. La pauvre, quelle infortune que la sienne !

Les femmes ne manquaient pas de parler de la pauvre Hjertrud. À voix basse. Mais assez haute quand même pour que seule Dagny l'entende. Mais pas le commissaire.

Et elles la décrivaient. Sa haute et fière allure. Son doux sourire et son admirable taille de guêpe. Ses mots pleins de sagesse étaient cités.

Quand Dagny se montrait à la porte, il se faisait un silence. Comme si on venait de souffler une lampe. Mais l'essentiel avait été dit, et entendu.

Dagny avait accepté la présence des nombreux portraits de la pauvre Hjertrud. Pendant plusieurs mois. L'un d'eux la regardait avec un léger sourire du haut de la tenture de velours du grand salon. Un autre la fixait gravement dans la cage de l'escalier. Encore un autre se trouvait sur le bureau du commissaire.

Un jour, elle en eut assez. Elle les décrocha des murs elle-même, les emballa dans une vieille taie d'oreiller et les rangea dans un coffre contenant certains objets provenant de la chambre de Hjertrud.

Dina tomba sur elle au moment où elle décrochait le dernier portrait. L'instant était chargé d'effluves de vitriol.

La gamine la suivit pas à pas. Vers l'armoire sur le palier du grenier pour chercher une taie. Dans le coin sombre où se trouvait le coffre de Hjertrud. Dagny faisait comme si la gamine n'existait pas.

Personne ne disait mot.

On venait de terminer un bon repas.

Le commissaire se prélassait dans le fauteuil en peluche verte sans avoir remarqué que les portraits avaient disparu.

C'est alors que Dina attaqua.

Comme un chef de troupe forçant des fortifications. L'étendard qu'elle agitait devant elle était la vieille taie d'oreiller et son contenu cliquetant.

— Et alors, qu'est-ce que c'est ? demanda le commissaire avec une irritation mal contenue.

— J'vais seulement accrocher les tableaux, dit Dina bien haut, jetant vers Dagny un regard entendu.

Elle se planta alors devant le commissaire et sortit portrait après portrait de leur enveloppe.

— Mais pourquoi les as-tu décrochés ? demanda le commissaire avec brusquerie.

— J'les ai pas décrochés. J'vais les raccrocher !

Il se fit un grand silence. Tous les pas dans la maison ressemblaient à des bruissements de souris dans un garde-manger.

À la fin Dagny prit la parole. Parce que le commissaire avait remarqué les braises des yeux de Dina fixés sur elle.

— C'est moi qui les ai décrochés, dit-elle bravement.

— Et pourquoi ?

Il n'avait pas eu l'intention d'être brusque. Mais il y avait quelque chose dans la manière d'être des femmes qui l'irritait au-delà de toute mesure.

Le commissaire avait des principes bien établis sur la manière de traiter les domestiques et les femmes. On devait leur parler comme à des chiens intelligents. Mais si cela ne suffisait pas, il fallait « garder le chien en laisse ». Alors on s'adressait à l'individu comme à un cheval intelligent. C'est-à-dire qu'il ne fallait pas élever la voix, mais la baisser d'un diapason. La faire sortir directement de la poitrine pour en emplir la pièce.

Mais il était rare qu'il mette en pratique cette règle de conduite. Il n'y arriva pas cette fois non plus.

— Je n'ai pas à m'expliquer là-dessus ! cria Dagny.

Cela équivalait à l'aboiement d'un chien exaspéré, le commissaire le comprit et ordonna à Dina de sortir de la pièce.

Elle prit son temps, installa les quatre portraits aux pieds de son père, prit la taie et sortit.

Le matin suivant, les tableaux étaient à leur place.

Dagny garda le lit avec la migraine. Si bien que le petit Oscar dut rester en bas toute la journée.

Le commissaire en avait assez de toutes ces querelles entre sa fille et sa femme. Il lui arrivait d'avoir envie de partir. En voyage solitaire le long de la côte, avec un ou deux hommes d'équipage, une pipe et de la gnôle. Il se prenait à désirer voir sa fille au loin. Mariée. Mais elle allait seulement sur sa quinzième année.

Il n'était pas très optimiste pour l'avenir. Non pas que Dina soit laide. Parce qu'elle ne l'était pas. Elle était grande et robuste pour son âge. Une bonne ébauche.

Mais elle avait en elle une sauvagerie qui n'était pas faite pour attirer les hommes en quête d'une épouse.

Il n'abandonna pas pour autant. Ce fut en quelque sorte une tâche à laquelle il s'attela. Chaque fois qu'il rencontrait un célibataire de bonne famille il se demandait tout de suite : ferait-il l'affaire de Dina ?

Au bout d'un certain temps Dagny en eut assez de son rôle d'épouse, de mère et de marâtre. Elle voulut aller à Bergen pour rendre visite « aux siens », comme elle disait. Alors le commissaire comprit qu'il fallait faire quelque chose, et vite.

Il voulut envoyer Dina à l'école à Tromsø. Mais personne de ceux qui connaissaient la famille ne voulut d'elle dans la maison. On trouva des tas de bonnes excuses. Allant de la tuberculose à des projets d'émigration. Et elle était bien trop jeune pour habiter seule dans une chambre.

Furieux, il pensait à tous ceux à qui il avait rendu des services d'une manière ou d'une autre. Mais ils l'avaient visiblement oublié. Il le ressassait à qui voulait l'entendre.

Dagny, irritée, répondit qu'on ne pouvait pas s'attendre à ce que quelqu'un prenne « ce numéro-là » chez soi !

Ah bon ! La fille du commissaire était « ce numéro-là » ! Il écumait de rage et de dignité blessée. N'était-elle pas la seule femme sachant jouer du violoncelle ? Ne portait-elle pas des chaussures ? N'était-elle pas la meilleure cavalière de la paroisse ? Ne calculait-elle pas plus vite que le meilleur commis de magasin ? Qu'avait-on à lui reprocher ?

Non, on n'avait rien à lui reprocher, sinon qu'elle était complètement déchaînée, foncièrement méchante, et compliquée !

Dagny jeta sa sentence au visage du commissaire, tout en tenant solidement son petit garçon qui pleurnichait, effrayé par tant de remue-ménage.

— Et qui aurait dû lui servir de mère ? demanda le commissaire.

Il était vraiment échauffé maintenant.

— En tout cas, pas moi, dit Dagny fermement, posant l'enfant à ses pieds, les poings sur les hanches.

Alors le commissaire sortit. Quitta le salon, descendit le large escalier et traversa la cour, se dirigea vers ses hangars bien-aimés.

La douceur de Hjertrud et sa main fraîche sur le front lui manquaient. Le souvenir n'avait fait qu'amplifier son calme angélique après sa mort.

Au crépuscule, le commissaire pria la pauvre Hjertrud de reprendre son enfant, parce que c'était vraiment trop dur pour lui. Elle le voyait bien. Il se dépêcha d'ajouter qu'il ne souhaitait pas la mort de sa fille, seulement un peu d'éducation.

— Parle-lui, toi ! implora-t-il.

Il se moucha dans un mouchoir à monogramme, alluma sa pipe et s'assit lourdement sur un tonneau.

Quand la cloche du dîner sonna, il sentit qu'il avait faim. Mais il attendit quand même jusqu'au dernier moment.

Personne ne pouvait commencer un repas sans le

commissaire présidant au bout de la table... C'était une règle immuable quand il était à la maison.

Dina ne vint pas à table. Elle avait grimpé dans le grand bouleau derrière le garde-manger. De là, elle pouvait tout observer, comme un faucon. Et les bruits de la ferme parvenaient à son oreille.

Elle-même restait cachée.

Au sommet de l'arbre pendait le tricot bleu pâle de Dagny. Étiré dans tous les sens et plein de trous là où les mailles avaient filé.

Les aiguilles à tricoter étaient plantées dans le nid de pies sous l'avant-toit du garde-manger. Les rayons du soleil les faisaient luire et lancer des éclairs.

3

> Et elle dit : J'irai avec toi ; mais tu n'auras point de gloire sur la voie où tu marches, car l'Éternel livrera Sisera entre les mains d'une femme.
> (Livre des Juges, 4, 9)

Jacob Grønelv de Reinsnes était l'ami intime du commissaire. Ils allaient ensemble à la chasse en hiver, et à Bergen en été.

Il y avait bientôt vingt ans que Jacob était venu de Trondheim pour aider Ingeborg, la veuve de Reinsnes, à faire marcher son affaire de transports maritimes.

Reinsnes était déjà à cette époque un des comptoirs importants de la région et possédait deux beaux caboteurs.

Jacob n'attendit pas longtemps pour déménager dans la salle à l'étage. Ingeborg épousa tout aussi bien son jeune capitaine.

Cela s'avéra être un bon choix. Jacob Grønelv était un jeune homme capable. Quelque temps après, il demanda une licence pour ouvrir une auberge. Et il l'obtint, suscitant l'envie de bien des gens.

On racontait maintes histoires sur Ingeborg Grønelv. Et sur Karen, la mère de Jacob. Les femmes de Reinsnes avaient toujours été d'une certaine envergure. Même si différentes familles s'y étaient succédé au cours des temps, les femmes avaient une qualité commune, c'était d'elles dont on se souvenait le mieux.

On disait que personne n'avait jamais passé la porte sans qu'on lui offrît quelque chose à boire, quelle que soit sa condition. Si les femmes de Reinsnes avaient un défaut commun, c'était de ne pas procréer chaque année. En contrepartie, elles restaient jeunes et gardaient la peau lisse.

On aurait dit que le vent du sud-ouest et le grand océan balayaient de leurs visages rides et marques du temps. Cela devait tenir au lieu même. Parce que ce n'était pas une question de constitution héritée de mère en fille. Les familles changeaient continuellement à Reinsnes.

Jacob Grønelv était travailleur, et bon vivant. Il était arrivé, les cheveux au vent du large, venant de loin. Avait pris Ingeborg, avec ses quinze ans de plus et toute sa fortune. Mais il n'avait rien gaspillé.

Comme Ingeborg avait quarante ans à l'arrivée de Jacob dans la maison, personne n'imaginait la venue d'un héritier.

Mais on se trompait complètement.

Ingeborg, stérile avec son premier mari, en vint à s'épanouir.

Comme Sara dans l'Ancien Testament, elle se mit à procréer à un âge avancé. À quarante-trois ans, Ingeborg de Reinsnes mit au monde un fils ! On l'appela Johan, du nom du père de Jacob.

La mère de Jacob, Karen, vint de Trondheim pour voir son petit-fils. Mais elle ne tarda pas à faire venir ses livres et son fauteuil à bascule, et à s'y installer.

Elle était la meilleure belle-mère qu'on puisse souhaiter dans une maison. Ainsi la souveraineté des femmes de Reinsnes prit-elle une nouvelle direction. Une souveraineté douce et absolue. Qui embrassait toute la maisonnée dans un esprit de conciliation et créait de saines habitudes de travail. Avoir été en service à Reinsnes était considéré comme un avantage.

Le fait qu'Ingeborg ait eu deux fils adoptifs avant

d'épouser Jacob aurait pu poser un problème. Mais ils grandissaient et donnaient satisfaction. Niels, l'aîné, était brun et avait la gérance de la boutique. Anders, le blond, avait la bougeotte. Il naviguait à bord d'un des bateaux.

Ingeborg servait de conciliateur et répartissait les tâches avec bonne humeur.

Juridiquement, Jacob avait tous les droits réservés au seigneur et maître, mais en réalité, c'était Ingeborg qui commandait et décidait de tout. Elle demandait des conseils à Jacob. Et il arrivait même qu'elle les suive.

Le fait que Jacob soit un étranger ne gênait personne. Qu'il parte pour Bergen sur son caboteur tous les ans, et se promène d'un endroit à un autre, était considéré comme tout à fait normal.

Personne n'avait jamais entendu Jacob et Ingeborg se disputer. Ils avaient chacun leur domaine.

Les bateaux, c'était toute la vie de Jacob. Anders fut son élève assidu.

Ainsi Jacob et Ingeborg avaient chacun leur fils adoptif.

Les tâches et les responsabilités étaient endossées par un accord tacite. Soigneusement définies pour assurer la prospérité de la grande propriété. Toute autre chose était impensable.

Les prismes en cristal des abat-jour n'avaient jamais oscillé sous les querelles et les cris dans la maison. On avait la parole calme et cultivée.

L'influence d'Ingeborg se faisait sentir jusque dans les écuries et les hangars. On n'y entendait jamais un juron.

Jacob avait bien ses mauvaises habitudes quand il était en mer. Mais au moment même où il mettait pied sur le sol de Reinsnes, elles étaient comme envolées.

Il se faisait toujours beau avant de rejoindre Ingeborg au lit. À l'intérieur comme à l'extérieur. Et il ne fut jamais repoussé.

Même s'il lui arrivait de satisfaire son appétit à des

escales le long de cette côte interminable, il revenait toujours à cette femme mûre. Il était toujours heureux de se retrouver dans le grand lit à rideaux et au ciel blanc.

Une légère rougeur envahissait les joues d'Ingeborg et couvrait ses taches de rousseur dès que le bateau passait le détroit. Cette rougeur pouvait durer des jours. Jusqu'à ce que Jacob reparte.

On allait tôt au lit et on se levait tard. Mais ce nouveau rythme ne gênait personne. Cela rallongeait les nuits pour les uns et pour les autres.

Ce Jacob Grønelv, il ne crachait pas sur la boisson. Et le commissaire non plus.

Quand le commissaire devint veuf, ce fut Jacob qui le consola. Qui l'emmena en visite dans la bonne société de Trondheim et de Bergen. Et qui arrangea la rencontre avec Dagny.

Ils se soutenaient mutuellement. Dans les affaires comme dans leurs aventures amoureuses. À un certain moment, ils rendaient visite, chacun à leur tour bien sûr, à la même alcôve au Helgeland, sans pour cela s'en formaliser.

Et un jour, sous le mélèze du jardin, alors qu'elle se baissait pour caresser son chat noir, Ingeborg tomba morte. Par terre, comme une pomme mûre. Et cessa d'exister.

Personne n'imaginait qu'Ingeborg pût disparaître, bien que la mort, régulièrement, frappât toutes les familles. En tout cas, personne n'imaginait que Notre-Seigneur lui refuserait la joie d'assister à l'ordination de son fils. Elle qui se faisait l'apôtre de la parole de Dieu tout au long de la côte et prenait toujours tout le monde en charge.

Après la mort d'Ingeborg, le mélèze et le chat noir furent considérés comme des reliques.

Jacob était inconsolable. Il était dans la même situation que beaucoup d'autres qui viennent de perdre quelqu'un. Il réalisait que l'amour ne pouvait ni se mesurer, ni se peser. Il venait à vous quand on s'y attendait le moins.

Jacob n'en fut conscient que lorsqu'il veilla le cadavre. Il avait cru que tout n'avait été qu'une affaire de sous et une affaire de lit. Mais finalement, c'était bien autre chose.

Pendant une année entière, l'idée qu'il n'avait jamais montré son véritable amour à Ingeborg le tortura jusqu'à le faire maigrir et lui faire perdre le sommeil.

Il négligea les devoirs que lui imposaient ses obligations d'aubergiste et se mit à boire plus d'alcool qu'il n'en vendait. Non seulement cela ne rapportait rien, mais en plus cela l'abrutissait et le rendait indifférent.

Ses fils adoptifs, perspicaces, n'eurent pas seulement beaucoup à faire, ils en acquirent aussi une certaine autorité.

Si Jacob n'avait pas été aussi beau, il aurait probablement éveillé le dégoût chez tout le monde.

Un halo de sensualité l'entourait. Cela produisait son effet sur tout le monde, comme cela avait impressionné Mme Ingeborg.

Mais Jacob était vagabond et marin de nature. Et le talent d'Ingeborg pour les affaires apparut clairement à tous quand elle ne fut plus là.

Les fils adoptifs arrivaient à subsister. Mais ils comprirent vite qu'il fallait ou bien prendre complètement les rênes, ou alors envoyer Jacob en mer faire des affaires ailleurs, là où il s'y connaissait le mieux. Sans cela c'était la faillite.

Jacob fut supporté et pardonné. Et protégé. Même la nuit où il transporta le lit à baldaquin dans le jardin.

Il avait vidé pas mal de verres et Ingeborg lui manquait de mille façons, et à tous points de vue. Il pensait ainsi se rapprocher d'elle. En tout cas, il verrait le ciel où elle se trouvait.

Mais le ciel ne lui prêta guère attention. La pluie se mit à tomber en trombes. Et le pauvre homme, dans son lit à baldaquin, ne récolta que tonnerre et éclairs.

Il avait eu assez de mal à démonter le lit, à le transporter dehors, et à le remonter.

Il n'avait pas accroché la soie du ciel de lit. C'était encore heureux. La pluie n'était déjà pas bonne pour les boiseries. Pour la soie, cela eût été une catastrophe.

Mais Jacob fut dégrisé. Comme par miracle.

4

> Les deux anges arrivèrent à Sodome sur le soir, et Lot était assis à la porte de Sodome. Quand Lot les vit, il les accueillit et les conduisit dans sa maison. Ils appelèrent Lot et lui dirent : Fais sortir les étrangers pour que nous les connaissions.
> Lot sortit vers eux à l'entrée de la maison, ferma la porte derrière lui et dit : Mes frères, je vous prie, ne faites pas le mal ! voici, j'ai deux filles qui n'ont point connu d'homme ; je vous les amènerai dehors, et vous leur ferez comme il vous plaira, seulement ne faites rien à ces hommes puisqu'ils sont venus à l'ombre de mon toit !
> (Genèse, 19)

Quand le commissaire eut connaissance de l'histoire du lit à baldaquin, il décida d'inviter son ami à une chasse, suivie d'une partie de cartes et d'un verre de punch à Fagernesset.

Le veuf arriva sur un yacht blanc au bastingage peint en bleu.

Le temps d'automne était frais, mais il faisait beau et doux dans la journée. On avait observé des perdrix des neiges. Le plumage tacheté, comme on pouvait s'y attendre si tôt dans la saison. Et puisqu'il n'y avait pas de neige, ces messieurs s'attendaient à une mauvaise chasse.

Mais là n'était pas l'important... comme on disait.

La rencontre fut bruyante et cordiale.

Jacob fit à Dagny des compliments sur sa robe, sa chevelure, sa taille et sa broderie. Il fit des compliments sur le repas, les liqueurs, la chaleur du poêle et l'hospitalité. Il fumait le cigare et n'ennuyait personne avec sa propre histoire et son triste état d'âme.

Dagny resta avec ces messieurs après le repas et conta avec vivacité le séjour d'un Suédois qui avait habité chez eux une semaine. Il se promenait partout et étudiait les oiseaux, on se demandait bien à quoi cela pouvait mener.

— Vous n'aviez pas un oiseau sauvage dans la maison l'an dernier ? plaisanta Jacob inconsidérément.

Les hôtes donnèrent des signes d'inquiétude.

— Elle est sûrement à l'écurie, répondit enfin le commissaire.

— Elle y était la dernière fois aussi, dit Jacob avec un rire contenu.

— Elle a du mal à grandir, dit Dagny.

— Elle avait les jambes assez longues la dernière fois que je l'ai vue, répliqua Jacob.

— Oh, là n'est pas le problème, soupira le commissaire. Mais elle est plus déchaînée et impossible que jamais. Elle a quinze ans et devrait aller à l'école, ou en apprentissage dans une bonne famille. Mais cela pose des problèmes...

Jacob faillit dire que cela ne devait pas être facile d'être sans mère, mais il s'arrêta à temps. Ce n'était pas une chose à dire, il l'avait saisi.

— Mais alors, elle ne mange pas ? s'étonna-t-il en remarquant les servantes qui débarrassaient la table dans la salle à manger.

— Elle mange à la cuisine, dit le commissaire avec gêne.

— À la cuisine !

— Elle fait toujours tellement d'histoires, dit Dagny en toussotant.

— Oui, c'est en fait à la cuisine qu'elle se plaît, dit le commissaire avec vivacité.

Jacob les regardait l'un et l'autre. Le commissaire n'était pas à l'aise. On changea de sujet de conversation. Mais l'atmosphère n'était plus la même.

M. Lorch ne disait rien. Il avait la faculté de rendre sa présence invisible. De cette façon, il arrivait à la fois à irriter et à plaire.

Juste ce soir-là, le commissaire en eut des sueurs froides.

Jacob et le commissaire partirent à la chasse au lever du jour.

Dagny força Dina à s'habiller correctement et à jouer du violoncelle après le dîner. Pour une raison inconnue, probablement due à la stratégie incomparable de Lorch, elle accepta. Bien que la requête vînt de Dagny. Dina accepta même d'être à table avec les adultes.

Les hommes étaient de bonne humeur et se servaient largement du gigot. On buvait du vin. On riait et on conversait.

M. Lorch ne se mêlait pas à la conversation masculine. La chasse n'était pas son fort. C'était un homme bien élevé, il savait écouter.

Ces messieurs ne cessaient de décrire l'insoutenable tension du chasseur.

Puis ils discutèrent la période de dépression qui était peut-être passée, ici dans le Nord. Les prix du stockfisch avaient augmenté. Et le prix du poisson était monté à deux écus par lot.

La production du stockfisch était en pleine expansion, pensait le commissaire. Il avait le projet de faire nettoyer les rochers jusqu'à la lande. La couche de bruyère y était si mince qu'il pouvait employer des enfants, au besoin.

Jacob ne connaissait rien au séchage de la morue.

— Mais les rochers de Reinsnes s'y prêtent parfaitement ! Tu les as partout tout autour de toi.

— Cela se peut bien, mais encore faut-il trouver de la main-d'œuvre, dit Jacob évasivement.

Il était clair qu'il n'avait pas l'intention de s'adonner à ce genre d'occupation.

— Le commerce et le transport maritime sont préférables, assura-t-il.

— Mais le profit est plus grand si tu es toi-même producteur au lieu d'être acheteur.

Dina suivait la conversation à sa manière en scrutant les visages et en remarquant les intonations. Ce qui se disait n'était pas toujours tellement important.

Elle était assise juste en face de Jacob et dévisageait ouvertement « le vieux veuf ». Par ailleurs, elle mangeait sans bruit et étonnamment proprement, ce qui n'était pas coutume.

Le jeune corps ferme était décemment empaqueté dans un corsage et une jupe longue.

— Tes cheveux sont devenus gris, monsieur Grønelv, dit-elle tout à coup très haut.

Jacob était visiblement gêné, mais il se mit à rire.

— Dina ! dit Dagny sévèrement à voix basse.

— Alors, y a du mal à avoir les cheveux gris ? demanda Dina avec défi.

Le commissaire, sentant arriver la dispute, avant même qu'on en soit au dessert, commanda avec brusquerie :

— Va chercher ton violoncelle !

Si incroyable que cela fût, Dina obéit sans protester.

M. Lorch sauta de sa chaise et s'installa devant le clavier. Il se tenait courbé, les mains sur les touches, en attendant que Dina trouve sa position.

La jupe en velours vert bordée de dentelle se divisa quand elle installa le violoncelle entre ses genoux. Ce geste n'avait rien de féminin. Sans charme et sans élégance. Une lourdeur toute physique emplit la pièce.

Le regard de Jacob se fit vague.

Ses yeux se posèrent sur deux jeunes seins resplendissants quand elle se pencha vers l'instrument avec son archer.

Son visage devint calme sous l'épaisse chevelure noire. Qui pour une fois était plus ou moins peignée et sans brins de foin. La grande bouche enfantine et gourmande était entrouverte. Le regard était perdu au loin. Lourd.

Jacob avait reçu un coup dans les entrailles quand elle s'était penchée en avant pour jeter les premiers accords. Il savait de quoi il retournait. Il était déjà passé par là. Mais cette fois, c'était plus fort que d'habitude. Peut-être parce qu'il était pris par surprise ?

Jacob avait la tête comme un nid d'hirondelles, où la musique cassait tous les œufs. Jaunes et blancs coulaient le long de ses joues et de sa gorge. Instinctivement, il se pencha en avant et laissa son cigare s'éteindre.

Les vêtements de Dina devinrent tout à coup un voile léger sur un corps de jeune femme. Que cette même jeune femme eût quelque difficulté à interpréter Schubert à la satisfaction de M. Lorch dépassait son entendement.

Quand elle faisait vibrer un accord, il ne voyait que l'étoffe vibrer sur ses cuisses.

Jacob se sentait devenir cordes sous ses doigts. Archet dans sa main douce et forte. Il était sa respiration sous son corsage. Il montait et descendait avec elle.

Cette nuit-là, Jacob ne dormit pas du tout. Il s'en fallut de peu qu'il ne se précipite tout nu dehors dans une des premières nuits de gel, pour éteindre son feu.

À quelques portes de là, Dina dormait. De tout son désir, il la déshabillait. Se sentait sur le point d'éclater en revoyant par la pensée la jeune et forte poitrine. En revoyant les genoux ouverts sur l'instrument lisse et brillant.

Toute la nuit durant Jacob Grønelv ne sut où se mettre.

Il devait partir le lendemain matin.

Le yacht était déjà fin prêt quand il prit le commissaire à part et lui dit, le regard fixe :

— Il me la faut ! Il me faut Dina pour épouse !

La dernière phrase sortit comme s'il venait de trouver à la minute la seule solution.

Il était tellement hors de lui à l'idée de la requête qu'il avait à présenter qu'il en oubliait de parler correctement. Il balbutiait les mots comme s'il ne les avait jamais entendus. Tout ce qu'il avait décidé de dire s'envola.

Mais le commissaire comprit.

Quand Jacob avait largué les amarres, il avait commencé à neiger. Très légèrement d'abord. Puis la neige s'amoncela.

Le jour suivant on fit venir Dina dans le bureau pour lui annoncer que Jacob Grønelv désirait l'épouser dès qu'elle aurait seize ans.

Dina était plantée, les jambes écartées dans son vieux pantalon de drap, au milieu du bureau. Il y avait déjà à ses pieds une mare de neige fondue mêlée de crottin et de foin.

Quand on l'avait fait venir au bureau, elle croyait qu'il s'agissait de rendre compte du dernier tour joué à Dagny, ou bien du fait qu'elle avait, plus tôt dans la journée, lâché son petit demi-frère dans la bauge du cochon.

Elle n'avait plus besoin de lever la tête vers son père quand elle lui parlait. Elle était aussi grande que lui.

Elle le considérait comme si elle faisait une estimation de son début de calvitie, ou de la nécessité de renouveler son gilet. Le tour de taille du commissaire avait pris de l'envergure cette dernière année. Il menait une bonne vie.

— Tu t'es élargi ! T'es devenu gros, père ! dit-elle seulement, voulant s'en aller.

— Tu entends ce que je dis ?

— Non !

— Jacob possède le comptoir le plus prospère de la région, il a deux caboteurs !

— Il peut s'les mettre où j'pense, ses caboteurs !

— Dina !

Le commissaire rugit. Déclenchant un écho qui se répercuta de poutre en poutre, de pièce en pièce dans toute la maison.

Le commissaire avait d'abord essayé la manière douce, en quelque sorte en conciliateur. Mais la réponse de Dina était d'une telle clarté qu'elle ne laissait de doute à personne, et il ne put le tolérer.

On entendit les gifles pleuvoir.

Mais ce que personne ne voyait, c'était que les gifles étaient réciproques. Dès la première, Dina se jeta sur son père. Avec la fureur de quelqu'un qui n'a rien à perdre. Qui ne connaît aucune limite. Ni celle de la crainte, ni celle du respect.

Le commissaire sortit de son bureau son gilet déchiré et une égratignure sur la joue. Il sortit et se dirigea en titubant vers les cabinets dans la cour, son cœur battant si fort qu'il crut en mourir.

La respiration lui revint par saccades.

Le hennissement d'un cheval et le bruit des sabots frappant le sol comme le tonnerre n'arrangèrent pas les choses.

C'était dur d'être le père d'une diablesse.

Il ne l'avoua jamais à personne. Mais il avait reçu une bonne trempe de sa solide progéniture.

Ils étaient à peu près à égalité, à ce qu'il paraissait. Ce qui manquait à Dina en force physique, elle le compensait par sa rapidité et sa souplesse, par ses ongles et par ses dents.

Le commissaire ne comprenait pas ce qu'il avait

bien pu faire pour mériter un tel sort. Comme s'il n'avait déjà pas assez de soucis. Un enfant qui bat son père ! Seigneur mon Dieu !

C'était bien la première fois que quelqu'un levait la main sur le commissaire. Il avait eu un père autoritaire, mais affectueux et quelque peu absent, et il était le fils unique de sa mère.

Ce n'était pas un homme dur. Assis aux cabinets, il pleura.

Pendant ce temps-là, Dina galopait à toute allure le long de la côte, remontait la lande et passait la montagne.

Elle connaissait plus ou moins la direction grâce à un sens de l'orientation inné qu'elle ignorait elle-même.

En fin d'après-midi, elle descendit la pente raide qui menait à Reinsnes.

La route zigzaguait entre de gros rochers, des broussailles et des touffes de genévriers. Un pont traversait la rivière d'automne aux flots tumultueux. Ici et là, la route était empierrée afin de résister aux inondations du printemps.

Il était évident que Reinsnes était plus accessible par bateau. Du sommet, on ne voyait que la mer au bout de la pente. Si raide était la descente.

Sur l'autre bord du large détroit, une série de montagnes grises se dessinaient sur le ciel.

Mais vers l'ouest, la mer et le ciel laissaient le regard se perdre en toute liberté.

Quand elle arriva plus bas, les champs se déployèrent à la fois à droite et à gauche. Entre des bois de bouleaux luxuriants et une mer grise et grondante.

Tout au loin le ciel et la mer se fondaient d'une manière qui lui était inconnue jusqu'ici. Elle retint le cheval après avoir passé le dernier ravin.

Des maisons blanches. Il y en avait au moins

quinze ! Deux entrepôts et deux hangars à bateaux. Ce domaine était bien plus important que celui du commissaire !

Dina attacha son cheval à la clôture blanche du jardin, et resta là, à regarder un petit bâtiment à huit pans de mur et aux vitres colorées. Une vigne vierge formait portail au-dessus de la porte d'entrée et il y avait des sculptures élégantes à tous les angles.

Le solide portail d'entrée de la maison principale était décoré de guirlandes de feuillages sculptées. Un large escalier d'ardoise, flanqué de chaque côté d'une rampe en fer forgé et d'un banc, l'accueillit.

Cela avait un air tellement somptueux que Dina choisit la porte de la cuisine.

Elle demanda à une servante timide et décontenancée si M. Jacob Grønelv était à la maison.

Jacob Grønelv était assoupi dans le grand fauteuil rococo près du poêle dans le fumoir. Son gilet était ouvert et il n'avait pas de plastron. Sa chevelure grisonnante et frisée était en désordre et tombait plus ou moins sur son visage. Et sa moustache pendait.

Mais il n'y pensa pas au moment où il vit Dina dans l'embrasure de la porte.

Elle sortait directement de ses rêves égarés. Il est vrai sans corsage et sans violoncelle. Il la sentait vibrer dans ses veines. Il lui fallut un certain temps pour comprendre que c'était bien elle qui se trouvait là.

Le cou et les oreilles de Jacob Grønelv tournèrent lentement au cramoisi. De la voir là était une trop rude épreuve.

Son premier instinct, avant de sortir complètement de son sommeil, avait été d'en faire sa proie sur le plancher. Là et tout de suite.

Mais Jacob était malgré tout formaliste. Et du reste, Mère Karen pouvait entrer dans la pièce à n'importe quel moment.

— L'père, il dit qu'on va s'marier ! lança-t-elle, sans dire bonjour.

Puis elle enleva un bonnet de peau de mouton gris, dans un geste garçonnier.

— Ben, ça n'se f'ra pas ! ajouta-t-elle.

— Ne veux-tu pas t'asseoir un moment ? dit-il en se levant.

Il maudit les façons du commissaire. Il avait dû affoler la gamine avec sa manière de commander, et sa dureté.

Jacob s'en voulait. Il aurait dû dire qu'il allait faire lui-même sa demande d'abord.

Mais c'était arrivé si vite. Et depuis, il ne pensait guère à autre chose.

— Ton père ne dit sûrement pas qu'on va se marier, il dit probablement que je désire te prendre pour épouse ?

Le visage de Dina exprima tout à coup un sentiment d'insécurité. Une sorte de curiosité désuète.

Jacob n'avait jamais rencontré cela auparavant. Cela le rajeunissait et le rendait gauche. Il fit un nouveau mouvement vers la chaise sur laquelle elle venait de s'asseoir. L'aida à enlever sa veste. Elle sentait la sueur fraîche et la bruyère. De minuscules gouttes perlaient à la racine de ses cheveux et sur sa lèvre supérieure.

Jacob étouffa un soupir.

Puis il donna l'ordre de servir du café et des gâteaux, et de ne pas les déranger ensuite.

Avec un calme contenu, comme s'il s'agissait d'une relation d'affaires, il prit une chaise et s'assit droit devant elle. Dans l'expectative. Il faisait attention de la regarder dans les yeux tout le temps.

Jacob était déjà passé par là. Mais l'enjeu n'avait jamais été aussi gros, depuis sa déclaration à Ingeborg.

Pendant qu'ils buvaient leur café, que Dina lapait à grands bruits sur la soucoupe, elle avait toujours une ride de contrariété entre les sourcils.

Elle avait déboutonné sa veste en tricot, si bien que la modestie de sa blouse, trop étroite, n'arrivait pas à cacher sa poitrine.

Par devoir, Jacob fit venir Mme Karen et lui présenta Dina. La fille du commissaire. Qui avait traversé courageusement la montagne à cheval, pour apporter un message de son père.

Mère Karen considéra Dina à travers son monocle et un voile d'infinie bienveillance. Elle frappa des mains et donna l'ordre de faire la chambre du sud. D'apporter de l'eau chaude et des draps propres.

Jacob voulait absolument lui montrer toute la propriété ! Voulait rester seul avec elle !

Il la regardait. Parlait bas et avec insistance. De tout ce qu'il voulait lui donner.

— Un cheval noir ?

— Oui, un cheval noir !

Jacob lui montra l'écurie. Les hangars à bateaux. La boutique. Dina comptait les arbres de l'allée.

Tout à coup elle se mit à rire.

Tôt le lendemain matin, un garçon de ferme fut envoyé pour ramener le cheval par la montagne.

Avant que Jacob ait largué les amarres pour la ramener en bateau, ils s'étaient mis d'accord. Ils allaient se marier.

Chez le commissaire, tout avait été sens dessus dessous. Personne ne savait où Dina avait bien pu aller.

Ils firent une battue pour la rechercher. Quand le garçon de ferme arriva de Reinsnes avec le cheval et un message, le commissaire écuma de soulagement, et de fureur.

Mais quand le bateau de Jacob Grønelv fut à quai et que Dina sauta à terre à marée haute avec le cordage d'amarrage, il était calmé.

Je suis Dina. Reinsnes est un endroit où le ciel et la mer ne font qu'un. Il y a douze grands sorbiers en rang, de la boutique à la ferme. Dans le jardin, il y a un grand merisier dans lequel on peut grimper. Il y a

un chat noir. Et quatre chevaux. Hjertrud se trouve à Reinsnes. Sous le grand toit de la buanderie.
Du vent. Le vent y souffle toujours.

Le mariage devait avoir lieu en mai, avant le départ des caboteurs vers le sud.

À la ferme du commissaire, on remplissait coffres et valises avec le trousseau.

Dagny s'agitait, les joues rougies par une activité fébrile. Faisait les paquets et dirigeait. On cousait, tricotait et faisait de la dentelle.

Dina restait la plupart du temps dans l'étable ou à l'écurie, comme si tout cela lui était étranger.

Ses cheveux étaient imprégnés d'une lourde odeur animale. On la sentait venir de loin. Elle portait l'odeur de l'écurie comme un bouclier.

Dagny la sermonnait, elle ne pouvait pas continuer à sentir mauvais, elle qui allait devenir l'épouse du maître de Reinsnes. Les semonces s'évaporaient comme la pluie sur des pierres chaudes de soleil.

Dagny la prit maternellement à part pour l'initier aux mystères de la vie de femme mariée. Aborda prudemment la question de ses saignements menstruels. Lui dit que c'était un devoir et une joie d'être épouse et de devenir mère.

Mais Dina, peu curieuse, était presque condescendante.

Dagny avait la sensation désagréable que la gamine l'épiait pendant qu'elle faisait ses discours, et qu'elle en savait plus long qu'elle-même sur les difficultés de la vie.

Chaque fois qu'elle voyait Dina dégrafer ses jupes et grimper dans le grand bouleau près du garde-manger, elle ne pouvait se faire à l'idée qu'une fille de quinze ans puisse avoir à la fois un comportement aussi incroyablement infantile et un esprit aussi venimeux.

Cette enfant était dépourvue de coquetterie, n'avait

pas le moindre intérêt pour l'effet qu'elle produisait sur les autres. Elle se tenait comme si elle avait toujours six ans. Elle n'avait aucune pudeur, ni dans la manière de s'habiller, ni dans la manière de parler.

Dagny se doutait bien qu'épouser une pareille créature n'était pas tout à fait dans l'ordre des choses. Mais à vrai dire elle ne savait pas pour qui ce serait pire : la gamine ou Jacob.

Toute cette histoire lui donnait une sorte de malin plaisir. Elle n'attendait que le moment où elle serait enfin maîtresse dans la propriété. Sans toute la discorde et toutes les épreuves que la présence de cette gamine infernale impliquait.

Mais elle cachait son soulagement d'être bientôt débarrassée de Dina sous une sollicitude fébrile et affairée. Elle le payait par un sentiment bien féminin d'apitoiement sur elle-même.

Le commissaire avait été d'excellente humeur à partir du jour où Jacob avait ramené Dina en bateau. Tout n'était que bénédiction, comme il disait.

Il ne cessait de répéter ce mot de bénédiction. Que ses propres intérêts aient pesé plus lourd que sa sollicitude envers sa fille ne lui venait pas à l'idée. On la mettait entre les meilleures mains.

Le fait qu'il rendait peut-être un mauvais service à son meilleur ami en lui donnant Dina le tourmentait cependant de temps à autre. Il n'y pouvait rien. Jacob, dans le fond, était bon... Mais puisqu'il y tenait, il fallait bien qu'il se débrouille.

Le commissaire, inconsciemment, était content que tant de montagnes, tant d'espace et un si long rivage séparent Reinsnes de Fagernesset.

M. Lorch fut expédié vers le Sud. À Copenhague. Aux frais du commissaire. Le commissaire lui avait clairement fait comprendre qu'on n'avait plus besoin de lui. De tels signaux valaient une lettre de congé.

Que Dina dans sa rage ait planté un couteau dans la belle table de jeu Louis XVI de son père ne servit pas à grand-chose. Le commissaire la sermonna. Mais sans frapper.

Pendant les années où Lorch s'était occupé de l'éducation de Dina, il lui avait donné une connaissance approfondie de la musique et appris à jouer du piano et du violoncelle. « Son jeu au piano laisse encore à désirer, compte tenu de ses aptitudes. Mais son interprétation au violoncelle est excellente, pour un amateur », écrivit-il au commissaire dans son rapport final.

Il pouvait servir de certificat, au besoin. En plus, elle avait reçu un enseignement convenable en histoire, ancienne comme moderne. Elle avait appris jusqu'à un certain niveau l'allemand, l'anglais et le latin. Mais n'avait pas montré grand intérêt pour ces disciplines. Par contre elle était remarquablement douée pour le calcul. Elle pouvait sans difficulté additionner et soustraire des opérations de cinq ou six chiffres, multiplier et diviser plusieurs nombres. Il ne disait pas grand-chose sur l'aptitude de Dina à la lecture. Seulement qu'elle manquait d'intérêt pour ce genre de passe-temps. En général elle préférait tout ce qui demandait un effort de mémoire.

« Elle sait l'Ancien Testament pour ainsi dire par cœur », ajouta Lorch, comme circonstance atténuante.

Il fit plusieurs fois remarquer au commissaire que Dina avait probablement besoin de lunettes. Il n'était pas normal qu'elle cligne des yeux chaque fois qu'elle ouvrait un livre ou devait regarder quelque chose de très près.

Mais pour une raison ou pour une autre, le commissaire oublia toute cette affaire. Une jeune fille avec un monocle, c'était par trop déplacé.

Quand M. Lorch fut parti, avec son violoncelle bien emballé dans des courtepointes matelassées et ses modestes objets personnels dans une valise en carton, le piquant de l'existence disparut pour ainsi dire de la maison du commissaire.

Cet homme sec et silencieux possédait un tas de qualités auxquelles on n'avait pas fait attention en sa présence. Ce n'est qu'une fois qu'il fut parti qu'on s'en rendit compte.

Dina ne se montra pas dans la maison pendant trois jours. Elle continua à dormir dans l'écurie, et à l'habiter, longtemps après. Elle grandissait encore. Et en l'espace d'un mois, elle maigrit et son visage devint émacié. Comme si, en lui enlevant Lorch, on lui avait enlevé la dernière personne qui lui restait.

Elle refusait même de parler à Tomas. Le considérait comme une vieille loque crasseuse.

Mais puisque tout était plus facile pour Dagny quand elle n'était pas dans la maison, personne ne lui fit de reproches.

De la porte, de temps à autre, la cuisinière essayait d'attirer Dina. Comme on essaie d'attirer un chien errant. Seulement celui-là n'était pas facile à attraper.

Elle battait la campagne comme un loup. Afin de faire revenir Lorch. Il existait. Dans l'air qu'elle respirait. Dans les sons fragiles. Partout.

Je suis Dina. Quand je joue du violoncelle, Lorch l'entend de Copenhague, où il est. Il a deux oreilles qui entendent toute la musique. Il connaît tous les signes de la musique du monde entier. Mieux que Dieu. Le pouce de Lorch est complètement aplati et tordu d'avoir pincé les cordes. Sa musique est enfermée dans les murs. Il suffit de la libérer.

— Quels sévices peut-on employer envers quelqu'un qui ne craint aucune punition ? demanda le commissaire au doyen qui avait reçu Dina à ses épreuves de confirmation.

— Le Seigneur a ses méthodes, dit le doyen d'un air entendu. Mais ces méthodes dépassent l'entendement d'un père terrestre.

— Mais Monsieur le doyen admet que c'est difficile ?

— Dina est une enfant rétive, une adolescente rétive. Il lui faudra bien courber la tête finalement.

— Mais elle n'est pas mauvaise ? suppliait le commissaire.

— De cela, c'est Notre-Seigneur qui en décide, répondit rapidement le doyen.

Il l'avait eue comme élève au catéchisme et préférait ne pas approfondir le sujet.

Elle était arrivée en 1841 à passer son examen de confirmation, qui pourtant ne comportait aucune formule de mathématiques ni aucune addition des bénéfices du commissaire.

Encore heureux. Parce que le printemps suivant, on la mariait.

5

> L'homme prudent voit le mal et se cache, mais les simples avancent et sont punis.
> (Proverbes de Salomon, 22, 3)

Le mariage de Dina et de Jacob eut lieu fin mai, l'année de ses seize ans.

Elle fut transportée de Fagernesset à l'église en chaloupe décorée de feuillages. Par un temps ensoleillé, sur une mer d'huile. Malgré cela, assise sur une fourrure en peau de loup que le commissaire avait obtenue par troc chez les Russes, elle avait froid.

Dans la maison paroissiale, près de l'église, on l'habilla de la robe de mariée de Hjertrud en mousseline blanche bordée de fines dentelles. La jupe était drapée et galonnée. Formant quatre larges pans vers le bas. Le corsage garni de dentelles était drapé en forme de cœur sur la poitrine. Les manches étroites et transparentes comme une toile d'araignée bouffaient vers le haut.

La robe sentait la naphtaline et le renfermé, bien que nettoyée et aérée avec le plus grand soin. Mais elle était parfaitement à sa taille.

Bien qu'on l'ait pomponnée, qu'on ait fait ses bagages et envoyé toutes ses affaires dans des coffres et des valises à Reinsnes, elle se conduisait comme si tout cela n'était qu'un jeu.

Elle se secouait et s'étirait et se moquait d'eux

quand on l'habillait. Exactement comme toutes les fois où Lorch et elle jouaient des rôles avec des masques en plâtre et échangeaient des répliques toutes faites.

Son corps était celui d'un animal bien développé. Mais la veille de son mariage elle grimpa dans le grand bouleau et y resta longtemps. Et elle avait des écorchures sur les deux genoux parce qu'elle était tombée en courant sur les rochers pour dénicher des œufs de mouette.

Le marié arriva en barque à cinq rameurs, à grand bruit et suivi de toute une escorte.

Malgré ses quarante-huit ans et sa barbe grisonnante, et bien que plus âgé, il paraissait plus jeune que le père de Dina. Le commissaire avait pris de l'embonpoint, grâce aux excès de table et de punch, tandis que Jacob était resté mince.

On avait décidé que la réception aurait lieu à Reinsnes. Parce que c'était plus près de l'église et on y avait plus de place pour loger les invités. En plus, ils avaient Oline, la meilleure cuisinière de la paroisse.

Ce fut une noce animée.

Après le repas, le marié voulut faire monter la mariée en haut : lui montrer la salle avec le splendide lit à baldaquin. Il avait fait faire de nouveaux rideaux et un nouveau ciel de lit.

Les murs étaient retapissés de velours bordé d'une guirlande au-dessus des lambris. Elle devait absolument voir les chambres et les bibliothèques aux portes vitrées. Et la clé cachée dans une potiche chinoise sur le secrétaire. L'armoire à linge sur le grand palier sombre du grenier. L'oiseau empaillé. Jacob l'avait abattu lui-même. Il avait été préparé à Copenhague et transporté dans un carton à chapeau par Mère Karen. Mais surtout, la salle et le lit à baldaquin. Il tourna la clé, les mains tremblantes. Puis il s'approcha d'elle en souriant et la poussa vers le lit.

C'était depuis longtemps une obsession. Se frayer un chemin. La pénétrer.

Il se débattait avec les agrafes de la robe de mariée. Le souffle court, balbutiant de manière incohérente, il lui disait qu'elle était la créature la plus délicieuse jamais mise sur le chemin de Jacob Grønelv.

Au début, elle sembla prise d'une sorte de curiosité. À moins qu'elle ne désirât protéger la robe de Hjertrud contre les mains avides de l'homme. En tout cas la robe fut enlevée.

Mais tout à coup, la mariée sembla ne plus voir aucune relation entre les paroles et les actes de l'homme.

Elle le griffa de ses ongles. Et ses chaussures étaient ferrées à la pointe. Ce fut un miracle que le coup de pied qu'elle lui lança ne le rende pas infirme.

— Tu es pire qu'un étalon, gronda-t-elle, pleurant et reniflant.

Il était évident que les prestations d'un étalon n'étaient pas chose inconnue pour elle.

Dans une course folle, elle était déjà en route vers la porte quand Jacob comprit ce qu'elle avait l'intention de faire. Son désir fut comme balayé quand il se rendit compte de la situation à laquelle il devrait faire face.

Un instant, ils se mesurèrent, essoufflés.

Elle refusait de remettre les vêtements que Jacob lui avait arrachés.

Il dut employer autant de poigne à lui remettre son pantalon que pour le lui enlever. Et les ganses de l'une des fentes furent arrachées. C'était un beau gâchis.

Il fut finalement confronté au pire. Elle se libéra pour aller se réfugier en bas, au salon. Auprès du commissaire et de tous les invités. Vêtue uniquement de ses dessous, de ses bas et de ses chaussures.

C'était la première fois qu'il se rendait compte qu'aucune limite n'existait pour Dina. Qu'elle ne craignait le jugement de personne. Qu'en un éclair, elle saisissait une situation et agissait en conséquence ! Et qu'elle avait un talent inné pour retourner sur les autres ce qui la frappait elle-même.

Cela le dégrisa immédiatement. Elle faisait ainsi de lui un malfaiteur le jour même de son mariage.

Dina descendit l'escalier en trombe et à grand bruit. En pantalon, et en courant, elle traversa la pièce devant trente paires d'yeux effarés.

Elle renversa le verre de punch que le commissaire tenait, ce qui fit de vilaines taches un peu partout. Puis elle grimpa sur ses genoux et déclara à haute et intelligible voix, afin que tout le monde l'entende :

— Et maint'nant on rentre chez nous à Fagernesset !

Le cœur du commissaire ne fit qu'un bond. Il donna à la femme de chambre l'ordre de faire en sorte que la mariée « retrouve une tenue convenable ».

Il était furieux parce qu'il comprenait que Jacob n'avait pas su se contenir et attendre le soir, quand tout le monde serait couché, comme il se doit.

Il était furieux contre Dagny qui n'avait pas préparé la gamine à ce qui l'attendait. Elle l'avait promis. Il était furieux contre lui-même, qui n'avait pas prévu le comportement de Dina. Maintenant c'était trop tard.

Le commissaire repoussa Dina assez brusquement et remit en ordre son plastron et son nœud de cravate. Tout était malheureusement taché de punch.

Dina se tenait comme un animal piégé, les yeux fous. Elle sauta alors dans le jardin. Rapide comme un lynx, elle grimpa dans le grand merisier près du pavillon.

Et elle s'y installa.

Dagny pleurait à chaudes larmes à ce moment-là. Les invités étaient pétrifiés, debout ou assis, dans la même position que lorsque Dina était entrée dans la pièce. Ils semblaient avoir oublié l'usage de la parole. Heureusement que le pasteur était déjà rentré à Sundet et ne pouvait rien voir ni entendre.

Le commissaire fut le seul à montrer un certain sens pratique. Il sortit et vociféra quelques injures en direction de la silhouette légèrement vêtue de blanc.

Ce qui aurait dû être un instant solennel et triomphant, le moment où le commissaire donnait sa fille à son meilleur ami, tournait au cauchemar.

Un peu plus tard, tandis que les invités et les domestiques se rassemblaient sous le merisier, le marié, et maître de Reinsnes, descendit.

Il avait pris son temps pour remettre ses vêtements, sa barbe et ses cheveux en ordre. Il imaginait le pire. Allant de la colère d'un père furieux à la froideur méprisante des invités de marque.

Il avait observé une partie de la scène par la fenêtre, derrière les rideaux. Il ne pouvait empêcher la honte de lui monter au front.

Son sexe pendait lamentablement dans ses vêtements quand il rencontra le regard soucieux de Mme Karen sur les marches du perron.

Elle se tenait dignement à l'écart de la comédie qui se jouait autour de l'arbre, et elle était en route pour aller chercher son fils.

Jacob contempla le rassemblement autour du merisier. Dina comme un grand oiseau blanc au long plumage noir sur la tête.

Il se tenait sur le large escalier en pierre aux rampes de fer forgé et la vision qui se présentait n'avait pas son précédent. C'était incroyable ! Le groupe désorienté autour de l'arbre, les cris et les gesticulations du commissaire. Les rayons de soleil tardif à travers l'épais feuillage vert. Les marguerites dans la platebande en forme de cœur. La gamine dans l'arbre. Comme si elle y était depuis des siècles et comptait bien y rester quelques années encore. Elle regardait les gens comme s'ils étaient une caravane de fourmis désagréables. Jacob se mit à rire.

Il riait toujours en allant chercher l'échelle accrochée au mur de l'étable, et leur donna à tous l'ordre de regagner la maison pour le laisser opérer en paix. Il en oubliait d'avoir honte, attendant en riant que tout le monde soit rentré.

Alors il posa l'échelle contre l'arbre et y grimpa.

— Dina, appela-t-il.

D'une voix douce et pleine de gaieté.

— Ne peux-tu pas descendre vers ce terrible bouc de mari ? Je vais te porter dans la maison avec autant de précaution qu'un livre saint.

— Espèce de salaud ! criait la mariée de son perchoir.

— Bon, bon !

— Pourquoi tu t'conduis comme un étalon ?

— C'était plus fort que moi... mais je vais m'améliorer...

— Qu'est-ce qui l'prouve ?

— Je le jure !

— Quoi donc ?

— Que je ne me conduirai plus jamais comme un étalon.

Elle renifla. Il y eut un silence.

— T'as des témoins ?

— Oui, Dieu dans le ciel ! dit-il hâtivement, effrayé à l'idée que la fille du commissaire exige des témoins en chair et en os.

— Tu l'jures ?

— Oui ! Et que j'en meure si je ne tiens pas ma promesse !

— C'est seulement quéqu' chose qu'tu dis pour m'faire descendre.

— Oui, mais c'est vrai aussi.

Elle se pencha en avant, à tel point que ses seins faillirent sortir de son corset. Sa chevelure noire lui assombrissait le ciel par sa luxuriance.

Jacob se dit qu'il était probablement trop vieux pour cette mariée qui se sauvait dans les arbres. Cela demandait un autre physique que le sien. Mais il n'eut pas le courage de s'en faire une raison. Pas maintenant.

— Bouge-toi que j'descende, commanda-t-elle

Il rejoignit le sol et lui tint l'échelle. Ferma les yeux et la sentit passer. Très, très près.

Jacob était un joyeux clown. Devant Dieu et les invités. Il se contenta de son parfum le reste de la soirée. Cependant il se sentait comme un élu du Ciel. Il arriverait bien à l'approcher sans qu'elle se sauve dans les arbres !

Le commissaire ne comprenait rien. Il était étonné de constater que son ami était moins raisonnable avec les femmes qu'en affaires. Il considéra l'épisode comme une offense cuisante et personnelle envers lui, le maître de Fagernesset.

Mme veuve Karen Grønelv était, en revanche, très préoccupée. Elle voyait avec inquiétude, dans le futur, cette gamine détenir les clés du domaine de Reinsnes, administrer les biens et tenir la maison de Jacob.

En même temps elle était touchée. Cette Dina, sur laquelle on racontait tant d'histoires bizarres, l'intéressait. Ce n'était pas normal qu'une jeune fille de bonne famille soit si sans-gêne. Et surtout qu'elle ait si peu notion de ce qui se fait !

Mère Karen pensait que Jacob avait trop présumé de ses forces en se mariant inconsidérément. Mais elle n'en dit rien.

Johan Grønelv avait vingt ans. Juste rentré de l'école pour assister au mariage de son père. Il restait assis dans un coin pendant des heures et fixait une fente du plancher.

Jacob tint parole. Il s'approcha avec maintes précautions. Ils devaient dormir dans la salle dans le grand lit à baldaquin. Tout était prêt et coquettement arrangé.

Les draps à entre-deux avaient été blanchis sur la neige en avril. Lessivés, rincés et étendus sur les fils en mai. Repassés et pliés avec des sachets de pétales de roses, et rangés dans la grande armoire à linge sur le palier du grenier en attendant la mariée.

Le soleil de minuit filtrant à travers les rideaux de dentelle. Les verres à hauts pieds verts. Les carafes en cristal remplies d'eau et de vin. Les fleurs plein les vases et les potiches. Nouvellement cueillies dans les champs et le jardin. L'odeur du feuillage nouvellement éclos passant par la fenêtre. Un lointain bruit de cascade et le bourdonnement venant des montagnes.

Jacob employa toute son intelligence. Il fit des approches avec des gants de velours. Il commença par lui enlever ses chaussures, dont il avait gardé un douloureux souvenir.

Il était encore endolori à un certain endroit. Et ressentait encore l'étourdissement écœuré au moment où le pied de Dina avait touché.

Elle était assise sur le grand lit haut et le regardait. Se soutenant en arrière par les bras. Le regardait jusqu'à le rendre gêné. Il ne pouvait pas se souvenir de la dernière fois où une femme l'avait intimidé. Ainsi accroupi devant elle et tirant sur sa chaussure, il était réduit au rôle de clown et de serviteur.

Humble, il sentit son cœur battre plus rapidement quand elle tendit la cheville pour l'aider à enlever la chaussure.

Le pire, c'est qu'il fallait la mettre debout pour lui enlever ses vêtements.

Les rideaux n'étaient pas complètement tirés. Il faisait beaucoup trop clair.

Et il voyait ces yeux clairs scrutateurs. Largement ouverts. Sur la réserve. Trop attentifs à sa prochaine manœuvre.

Il toussa légèrement. Pensant qu'elle attendait qu'il dise quelque chose. Il n'avait pas l'habitude de parler aux femmes en pareille circonstance.

Si encore il y avait eu l'obscurité de l'hiver dans tous les coins, au lieu de cette sacrée lumière ! Il se sentait déshabillé et exposé au cristal pur de son regard.

Avec son corps de quarante-huit ans, son début de ventre tout à fait visible, il était intimidé comme un gamin de seize ans.

Ses rides profondes. Les dernières années de veuvage avec leurs soucis et leurs déconvenues. Ses cheveux gris. Tout cela ne lui donnait aucun atout en pareille circonstance.

Tout à coup, il se souvint qu'elle en avait fait la remarque. Cette fois-là, chez le commissaire, quand il avait pris conscience d'elle avec son violoncelle entre les cuisses.

Jacob s'écroula. Il enfouit sa tête dans le giron de Dina, à la fois excité et honteux.

— Pourquoi tu fais ça ? demanda-t-elle en se dégageant.

— Parce que je ne sais plus ce que je dois faire, répondit-il enfin.

— T'étais en train de m'déshabiller. T'as enlevé les chaussures...

Elle bâilla et se renversa de tout son poids sur le lit.

Il restait là penaud, comme un chien abandonné.

— Oui, dit-il seulement, relevant la tête.

Dégageant un œil d'abord, ensuite toute sa tête ébouriffée.

Il contemplait tous ces trésors. Les collines. Comme elle était couchée, la robe s'incrustait dans les vallons. Cela le rendait fou. Mais il sut se contenir.

— Ça va pas vite, dit-elle sèchement, et elle commença à se déboutonner.

Il tâtonnait comme s'il avait la fièvre. L'aidait à enlever ses vêtements l'un après l'autre.

Plus elle était proche, plus elle sentait l'écurie, le foin et les épices.

Il se glissa vers elle et remplit avec précaution ses

mains de ses seins. Jouissant de la sensation de la peau chaude à travers l'étoffe. Il retint sa respiration un long moment. Avant de lui enlever sa robe, ses jupons, son corset et son pantalon.

Elle suivait des yeux avec curiosité tous ses mouvements. Une ou deux fois, elle soupira en les fermant. C'était au moment où, rassemblant toute la douceur dont il était capable, il lui caressa les épaules et les hanches.

Une fois nue, elle se dégagea et alla à la fenêtre. Et resta là plantée. Comme si elle venait d'une autre planète.

Il n'en croyait pas ses yeux. Une femme, une vierge ! qui se mettait debout toute nue par une nuit claire d'été. Et traversait tranquillement la pièce jusqu'à la fenêtre !

Elle y resta, les hanches et les épaules enrobées de lumière dorée. À la fois sorcière et ange. Personne ne l'avait possédée ! Elle était totalement à lui ! se promenait dans sa chambre, dans sa maison.

Le soleil de minuit baignait de miel son corps quand elle se retourna.

— Tu t'déshabilles pas, toi aussi ? dit-elle.

— Si, dit-il la voix enrouée.

À toute vitesse il arracha ses vêtements, comme s'il craignait un empêchement inattendu avant d'atteindre son but.

À vrai dire, cela prit du temps. Il n'avait pas imaginé que cela se passerait ainsi.

Aussitôt au lit, il voulut tirer les couvertures sur eux et la serrer contre lui. Elle s'assit et arracha le drap.

Elle entreprit alors une sorte d'examen. Avec avidité et l'air de quelqu'un qui vient de découvrir un animal inconnu.

Il était si gêné qu'il se cacha avec ses mains.

— C'est différent du taureau et du cheval, dit-elle intéressée, le regardant droit dans les yeux. Mais celui du taureau, l'est aussi différent de celui du cheval. L'est long, mince et rose. Celui du cheval, c'est que'que chose ! ajouta-t-elle en connaisseur sérieux.

Il sentit son désir s'évanouir et sa virilité disparaître.

Il n'avait jamais rencontré quelqu'un manquant de pudeur à ce point. Quelques images lui vinrent à l'esprit. Les rares fois où il s'était adressé à celles qui se font payer. Leurs jeux appris et limités. Mesurés en argent. Il se souvint de sa tristesse quand il avait vu clair dans les gestes vides et mécaniques de la débauche.

Le pire, c'était leurs yeux.

Il comprit soudain que Dina, la maîtresse de Reinsnes, était une enfant. Cela le toucha et le rendit honteux. Et cela l'excita au plus haut point !

Ce fut un jeu qui dura très, très longtemps. Elle exigeait ceci ou cela. Voulait jouer tous les rôles. Se fâchait et le punissait en lui tournant le dos s'il n'obéissait pas à toutes ses injonctions.

De temps en temps, il avait le sentiment que cela était bestial et contre nature. Il se consolait, essoufflé, à l'idée que personne ne les voyait.

Et quand elle montra son plaisir, il prit encore plus de temps. Joua son jeu. Ayant l'impression qu'ils étaient le premier couple sur terre. Que tout était pour le mieux.

L'homme grisonnant ravalait ses larmes. C'en était trop pour Jacob. D'être un enfant aimant entre les arbres.

Quand il en arriva au moment de la pénétrer il retint sa respiration. Son rut devenait tout à coup comme un chat noir tapi dans l'ombre.

Au beau milieu de la brume rouge sang dans laquelle il se trouvait, il savait qu'elle pouvait le détruire complètement s'il lui déplaisait. Cela l'aida à passer le cap.

Elle poussa à peine une plainte, même si le drap fut complètement souillé.

Toutes les histoires qu'on racontait sur les nuits de noces et les mariées éplorées tombèrent en cendres.

Tout ce que Jacob Grønelv avait appris auparavant devait se réapprendre. Rien de ce qu'il avait entendu et vu n'était vrai.

Sa jeune mariée était comme une jeune jument. Lâchée sur un pâturage vert. Elle le pressait contre la barrière. Arrêtait tout à coup tous les jeux pour aller boire à même la rivière quand elle avait soif. Le mordait aux flancs quand il essayait maladroitement de sauter. Jusqu'au moment inattendu où elle se laissait prendre. Et avec le même calme lourd d'une jument qui s'abandonne, elle resta à quatre pattes sur les genoux et les bras. Le jeune corps frémissant se laissa ouvrir et accueillit ses coups prudents.

Jacob fut pris d'un sentiment religieux qu'il n'arrivait pas à définir. L'orgasme s'arrêta net. Il n'était pas pour lui.

Il fut impossible à Jacob de le cacher. Il pleurait.

Ils ne descendirent pas avant l'après-midi suivant. Les invités étaient partis. Le commissaire et sa famille aussi. Mme Karen avait elle-même déposé un plateau avec des victuailles près de la porte de la salle. Elle leur souhaita le bonjour. Montrant un visage doux, les yeux baissés.

Les domestiques ricanaient. Ils n'avaient jamais entendu parler de nuits de noces durant de deux heures du matin à cinq heures de l'après-midi le jour suivant.

Le rôti de renne était déjà gâché et trop cuit et les pommes de terre partaient en purée avant même que les jeunes mariés ne se montrent.

Dina très correctement habillée d'une des robes neuves de son trousseau. Mais les cheveux flottant comme d'habitude.

Jacob souriant et rasé de frais, ayant visiblement des difficultés à marcher et à se tenir droit.

Au cours du repas ils ne prêtèrent aucune attention à Mère Karen, ni à Anders, Niels ou Johan.

Éros occupait toute la pièce. Lourd et repu, il se rengorgeait le long de la tapisserie, jouait dans les boiseries et rendait mat le brillant de l'argenterie.

Le couple était visiblement en état d'ébriété, dès le plat principal. Dina avait goûté à son premier porto avant de descendre. Cela faisait partie d'un jeu nouveau qui laissait un goût sucré sur la langue. Mme Karen avait le regard vague et les yeux de Johan étaient pleins de dégoût horrifié. Niels contemplait Dina avec curiosité et mangeait avec appétit. Anders semblait être inconsidérément entré dans une pièce où il avait été obligé de se mettre à table avec des étrangers. C'était lui qui dominait le mieux la situation.

Dina avait appris un nouveau jeu. Elle l'avait vu se jouer dans l'enclos des chevaux. Dans le poulailler et chez les mouettes au printemps. Jacob était son jouet. Elle le regardait les yeux brillants comme du cristal taillé.

6

> Tu seras remplie d'ivresse et de douleur ; c'est la coupe de désolation et de destruction, la coupe de ta sœur Samarie.
> (Ézéchiel, 23, 33)

Le 5 mars 1838, le vapeur à aubes *Prinds Gustav* avait quitté Trondheim pour son premier voyage vers le Nord. Bon nombre de gens à l'époque considéraient ce genre de voyage comme une pure folie. Mais par miracle, il assura ensuite un service régulier.

Grâce à la Providence, tout semblait être pour le mieux. Mais les difficultés n'avaient pas manqué. Tous les passages difficiles, les courants et les remous. Le vent qui soufflait dans toutes les directions et les passagers qui ne venaient pas à bord à l'heure indiquée. Le fait que sur le Foldhavet et le Vestfjord, rien, à part la rotation de la terre et la force centrifuge, ne fonctionnait comme on s'y attendait était encore une circonstance accablante.

Même maintenant, plusieurs années après, tout le monde le long de la côte n'était pas encore persuadé que ce *Prinds Gustav* crachant le feu et la fumée soit une telle bénédiction.

C'était quand même contre nature qu'un bateau puisse marcher contre vents et courants. Du reste, le vapeur effrayait les poissons dans les fjords, prétendaient ceux qui avaient étudié la question. Affirmation difficile à réfuter.

Mais les gens arrivaient quand même à destination. Ceux qui voyageaient beaucoup bénissaient le vapeur. Un vrai paradis, comparé aux embarcations régionales ouvertes ou aux cabines exiguës des caboteurs.

Les gens de condition élevée voyageaient en première classe, les messieurs en cabine de dix couchettes, les dames en cabine de cinq. En seconde, il y avait une cabine commune de douze couchettes. En troisième classe, on avait à sa disposition le pont découvert au gaillard d'avant où il fallait, tant bien que mal, trouver un abri entre les caisses, les tonneaux, ou autres colis.

Mais par beau temps, les classes populaires voyageaient aussi comme des princes en troisième. Le prix du billet était bien un peu cher : vingt, dix et cinq shillings par mille. Mais il faut dire aussi que le trajet de Trondheim à Tromsø ne prenait qu'une semaine en été.

Les comptoirs où, par chance, le vapeur faisait escale étaient des plus prospères ces dernières années. Et ceci malgré la tradition hospitalière du Nord, qui est de ne jamais faire payer le vivre et le coucher aux notables qu'on héberge.

On peut se demander comment ces auberges pouvaient autant rapporter. Mais les affaires, dans ces régions de la Norvège, se traitaient comme une partie d'échecs.

Les pions étaient en place à n'importe quelle heure du jour ou de la nuit. Et on prenait tout son temps pour réfléchir, en mangeant et en buvant. Mais on finissait par comprendre que l'adversaire avait aussi ses pions. Qui frappaient dur. L'hospitalité du Nord pouvait faire échec et mat quiconque ne faisait pas attention.

Une des premières choses que Jacob avait apprises à Reinsnes, c'était le commerce à longue échéance. Quand le *Prinds Gustav* arrivait avec des relations d'affaires, Jacob était fin prêt, muni d'une patience d'ange et d'un gigot cuit à point. De grands verres à vin et de bon tabac à pipe. Et aussi de copieux desserts de mûres jaunes qu'on allait chercher dans la cave et qu'on servait dans des coupes de cristal à pied.

Jacob savait ce qu'il devait à la navigation à vapeur.

Une semaine après son arrivée à Reinsnes, Dina vit ce bateau pour la première fois.

Elle sauta du lit quand elle entendit le premier coup de sirène. Le soleil de mai inondait la pièce malgré les stores.

Le curieux son rauque venait à la fois de la mer et des rochers.

Elle se précipita vers la fenêtre.

La silhouette noire glissait dans le détroit. La roue rouge écumait et grondait. Le bateau ressemblait à un énorme poêle de cuisine. Où le nickel, le cuivre, la tuyauterie et les casseroles étaient grossis à une très grande échelle pour être ensuite lancés à la dérive sur le fjord.

Il semblait qu'on chauffait à blanc ce poêle noir flottant. Il bouillait et bouillonnait et pouvait bien exploser à tout moment.

Elle ouvrit la fenêtre toute grande sans fixer les crochets.

Elle se penchait à moitié nue. Sans se préoccuper de ceux qui pouvaient la voir.

Il était probable que certains avaient déjà observé la jeune femme peu vêtue à sa fenêtre. Pour ceux-là, la vue d'une peau nue avait un effet surprenant, même à une telle distance.

La fantaisie servait de loupe. Elle grossissait chaque pore et la moindre nuance dans la couleur de la silhouette lointaine. Qui devenait de plus en plus proche. Pour finalement envahir le crâne de ceux qui regardaient. Ceux-là perdaient alors tout intérêt pour le vapeur.

Jacob était dans le jardin. Il la voyait aussi. Sentait son parfum. À travers le soleil, le vent et le bruissement du feuillage nouvellement éclos. Un picotement d'excitation, doublé d'étonnement impuissant, lui coupa tout à coup le souffle.

Niels et le commis de boutique étaient partis à la rame vers le vapeur. Niels avait interdit aux bateaux des fermes voisines de venir « troubler le chenal », comme il disait. Il n'y voulait pas d'autre animation que celle qu'il y amenait lui-même.

Le coup de sirène donné pour Reinsnes entraînait ainsi moins de vacarme et d'ambiance qu'à d'autres escales.

Jacob ne se mêlait pas de la discipline que Niels faisait régner sur les jeunes des fermes et des métairies des alentours. Car il savait bien qu'en empêchant les bateaux de s'approcher du vapeur, Niels les attirait ensuite sur les quais de Reinsnes et dans la boutique, pour voir qui était arrivé et savoir ce qu'on avait déchargé. Et on pouvait à la fois en tirer profit et se faire donner un coup de main.

Ce jour-là, il n'y avait pas grand-chose à décharger. Seulement quelques sacs de sucre pour la boutique et une ou deux caisses de livres pour Mère Karen. À la fin, un bonhomme à l'allure gauche descendit l'échelle et se mit debout dans la barque, comme s'il était sur le plancher d'un salon. L'embarcation se mit à tanguer dangereusement.

Alors, il sembla que Niels avait fait comprendre à l'homme qu'il était préférable de s'asseoir s'ils voulaient arriver sains et saufs à terre, avec le sucre.

Il se révéla que le bonhomme était un expert en oiseaux venu de Londres, à qui on avait recommandé Reinsnes.

— À c'qui paraît, l'vapeur, il crache les gens à terre à Reinsnes ! dit Dina étonnée.

Mère Karen était montée à la salle pour qu'elle s'habille un peu plus rapidement et descende saluer le nouvel arrivant.

— Ici c'est une auberge, Jacob te l'a bien dit ? répondit Mère Karen avec patience.

— L'Jacob et moi, on parle pas de ça.

Mère Karen soupira et comprit qu'il y avait encore fort à faire.

— Tu pourrais jouer de la musique pour le professeur anglais après dîner, dit-elle.

— On verra, dit Dina avec légèreté en tripotant les boutons de son corsage.

Mère Karen s'approcha pour aider. Mais Dina se retira, comme si on venait de jeter un bâton enflammé sur elle.

— Il faut qu'on parle de la répartition des tâches dans la maison, dit Mère Karen sans se soucier d'avoir été repoussée.

— Quelles sortes de tâches ?

— Eh bien, ça dépend des habitudes que tu as eues.

— J'étais à l'écurie en compagnie du Tomas.

— Oui, mais dans la maison ?

— Là, y avait la Dagny.

Il se fit un léger silence.

— Veux-tu dire que tu n'as pas appris à tenir une maison ? demanda Mère Karen, en essayant de cacher sa consternation.

— Non, y avait tellement d'gens.

Mère Karen se dirigea vers la porte en se passant la main sur le front.

— Eh bien, on va commencer modestement, ma chère Dina, dit-elle gentiment.

— Avec quoi ?

— En jouant de la musique pour les visiteurs. C'est un grand don que de savoir jouer d'un instrument...

Dina retourna rapidement vers la fenêtre.

— Il vient souvent, l'vapeur ? demanda-t-elle en suivant la fumée noire au loin.

— Non, toutes les trois semaines à peu près. Il vient régulièrement tout l'été.

— J'veux voyager ! dit Dina.

— Il faut d'abord apprendre un peu les tâches et les devoirs d'une maîtresse de maison, avant de se mettre à voyager, dit Mère Karen, la voix un peu moins douce.

— Ça, c'est mon affaire ! dit Dina en fermant la fenêtre.

Mère Karen se tenait debout dans l'embrasure de la porte.

Ses pupilles s'étaient rétrécies comme des têtes d'épingles.

Personne ne parlait ainsi à Mère Karen. Mais elle avait du flair. Alors elle ne dit rien.

Comme une sorte de compromis entre elles, Dina joua du violoncelle pour le visiteur et toute la maisonnée après le dîner.

Mère Karen déclara qu'on allait acheter un piano anglais. Dina devait cultiver ses talents, à Reinsnes aussi bien que chez son père.

Niels leva la tête et fit remarquer qu'un pareil instrument coûtait une fortune.

— Les barques et les caboteurs aussi, dit-elle tranquillement en se retournant pour traduire en anglais les dernières répliques.

Il était visible que le prix des caboteurs impressionnait le visiteur au moins autant que la musique.

Johan se promenait dans le jardin, ses livres serrés dans une sangle ; ou bien, les journées chaudes, il se tenait dans le pavillon, à lire ou à rêver. Il évitait Dina comme la peste.

Il avait hérité du visage mince d'Ingeborg. Il avait aussi son menton carré et la couleur de ses yeux qui changeaient avec la couleur du ciel et de la mer. Il avait hérité d'Ingeborg ses cheveux raides, mais la couleur foncée lui venait de Jacob. Il était maigre et dégingandé, mais promettait.

Le plus important chez lui, c'était la tête, disait Jacob avec une fierté mal dissimulée.

Le jeune garçon n'avait pas d'autre ambition que celle de devenir pasteur. Il ne partageait pas l'intérêt de son père pour les bateaux et les femmes. Il avait en horreur le va-et-vient continuel dans la maison, et les gens qui ne faisaient rien d'autre que manger, fumer et boire.

Ils n'avaient guère plus d'éducation que ce qu'une petite sacoche en cuir pouvait contenir. Son mépris des gens, de leur comportement, leur costume et leurs gestes était sans merci et sans compromis.

Pour lui, Dina était le symbole de la débauche. Il avait lu certains livres sur le sujet, mais n'en avait jamais fait l'expérience. Dina était un exemple éhonté de la gent féminine, qui ridiculisait la renommée de son père et tournait en dérision le souvenir de sa mère.

Il l'avait vue pour la première fois durant ce mariage scandaleux. Et il pouvait difficilement rencontrer le regard des gens sans se demander s'ils y pensaient, s'ils s'en souvenaient...

Bien qu'il ait une opinion très ferme sur la femme de son père, cela ne l'empêchait pas de se réveiller la nuit de temps en temps dans un état de lourde ivresse. Et de reconstruire son rêve petit à petit. Il montait un cheval noir. Les rêves pouvaient varier un peu, mais ils se terminaient toujours de la même manière : le cheval rejetait sa grosse tête en arrière et devenait le visage sombre et buté de Dina. La crinière flottante était sa chevelure noire.

Cela lui faisait toujours honte et le tenait éveillé. Il se levait et se lavait à l'eau froide, qu'il versait lentement d'un broc en porcelaine dans une chaste cuvette blanche bordée de bleu.

Ensuite il s'essuyait soigneusement avec une serviette en lin lisse et fraîche, et il était sauvé. Jusqu'au prochain rêve.

Pour Jacob, c'était un travail à plein temps que d'être nouveau marié. Il ne se montrait ni sur les quais, ni dans la boutique, ni dans l'auberge. Il buvait du vin et jouait aux dominos ou aux échecs avec son épouse !

Au début, tout le monde souriait. Avec un hochement de tête entendu. Puis une certaine inquiétude et un certain embarras envahirent toute la propriété.

Cela commença par Mère Karen et s'étendit comme un feu d'herbes sèches.

Était-il sous l'effet d'un sortilège ? N'allait-il plus jamais mettre la main à la pâte ? S'il continuait ainsi à user toute son énergic à remplir ses devoirs conjugaux dans le lit à baldaquin.

Mme Karen sermonna Jacob. Les yeux baissés, mais avec d'autant plus d'autorité dans la voix. Il n'était quand même pas pensable que toute la propriété périclite ? Sa conduite était pire qu'après la disparition brutale de la pauvre Ingeborg. À ce moment-là, il avait, il est vrai, passé le plus clair de son temps au cabaret ou à louvoyer le long de la côte. Mais maintenant, c'était encore pire. Il se faisait la risée de toute la paroisse. On se moquait de lui.

— Et ils ont raison, esquiva Jacob en riant, lui aussi.

Mais Mère Karen ne riait pas. Son visage se durcit.

— Tu as quarante-huit ans, dit-elle sévèrement.

— Dieu a plusieurs milliers d'années et il vit encore ! plaisanta Jacob, se préparant à monter.

« Je suis d'une si belle humeur en ce moment, chère mère ! lui lança-t-il du haut de l'escalier.

Quelques instants après, on pouvait entendre jouer du violoncelle là-haut. Mais ce qu'on ne voyait pas, c'était Dina, vêtue seulement de son corset, le bas du corps nu et le violoncelle entre ses puissantes cuisses écartées. Elle jouait avec autant de sérieux que si elle avait été devant M. le doyen.

Jacob était assis près de la fenêtre, les mains croisées, il la contemplait. Il voyait une image sainte.

Le soleil, cet omniprésent, avait décidé de faire voler

l'air en éclats entre eux, il y avait de cela des années-lumière. Les grains de poussière faisaient écran au milieu du prisme. Sans oser se poser.

Jacob déclara qu'il allait emmener Dina à Bergen pendant l'été. Le premier caboteur avait déjà pris la mer. Mais la fierté de Jacob, le nouveau bateau baptisé du nom de Mère Karen, devait se mettre en route fin juin. On l'armait depuis le mariage.

Mère Karen prit Jacob à part encore une fois, et expliqua que ce n'était pas un voyage pour une jeune femme. En outre, Dina devait apprendre les rudiments du ménage et à se conduire convenablement. Savoir jouer du violoncelle n'était pas suffisant pour la maîtresse de Reinsnes !

Jacob pensait que cela pouvait attendre, mais Mère Karen n'en démordait pas.

Jacob apporta la triste nouvelle à Dina en levant les bras au ciel. Comme si la parole de Mère Karen faisait loi.

— Dans c'cas, j'préfère rentrer à Fagernesset ! déclara Dina.

Il n'avait pas fallu longtemps à Jacob pour apprendre que Dina tenait toujours parole.

Il retourna voir Mère Karen. Il expliqua et supplia. À la fin elle se rendit.

Et il fut bientôt clair, pour Jacob, pour Mère Karen et pour tous les habitants de la ferme, que Dina n'avait aucune intention d'apprendre à tenir une maison. Elle montait à cheval, jouait du violoncelle, mangeait et dormait. De temps à autre, elle revenait avec quelques petits lieus noirs enfilés sur une branche de bouleau, sans que personne ne l'ait jamais vue partir en bateau.

Mère Karen soupirait. La seule tâche dont Dina s'acquittait avec plaisir était de hisser le drapeau quand le bateau approchait.

Il fallait bien se consoler en se disant que tant que

Mère Karen était en bonne santé, tout continuerait comme avant.

On racontait bientôt que la jeune épouse à Reinsnes grimpait tout en haut du plus grand arbre du jardin pour mieux voir le vapeur, ou bien pour regarder les montagnes à la jumelle. On n'avait jamais vu pareille chose.

On commença à chercher dans ses ascendances. Sa mère était devenue une sainte le jour même où elle avait trouvé la mort après avoir enduré les souffrances d'un corps ébouillanté. Une mauvaise hérédité de ce côté-là était donc exclue.

Mais la famille du commissaire fut sujette à des recherches et des fouilles qui engendrèrent les histoires les plus extravagantes. On racontait que le commissaire avait à la fois des Lapons et des romanichels parmi ses ancêtres. Et qu'il y aurait même eu quelque Italien naufragé qui aurait fait du troc avec une de ses aïeules, il y avait de cela des siècles. On imagine aisément quelle conséquence cela pouvait avoir sur la descendance ! Oui, le châtiment retombait maintenant, après de nombreuses générations.

Personne ne pouvait donner le nom exact des personnes qui auraient eu une influence aussi fatale sur la fille du commissaire, ni même les placer dans le temps. Mais ce n'était même pas nécessaire.

Une bonne femme mariée qui grimpait aux arbres, qui se promenait en sous-vêtements à son propre mariage, qui n'avait pas su lire avant l'âge de douze ans et encore rien d'autre que la Bible, et qui montait à cheval à califourchon et sans selle, devait nécessairement porter les fautes des générations antérieures.

Le seul fait qu'elle ne parlait jamais à personne et se trouvait toujours là où on l'attendait le moins était suffisant pour assurer, qu'en tout cas, c'était une romanichelle !

Johan entendait tous ces ragots. Il était vexé, et

attendait avec impatience le moment d'échapper à tout cela et de commencer ses études.

Mère Karen l'aidait à rassembler son trousseau. Il en fallait des choses... Elle faisait elle-même les bagages et donnait des ordres dans toutes les directions.

Pendant deux mois, elle équipa le garçon des pieds à la tête. À la fin, trois grandes malles attendaient sur le quai d'être descendues à bord de la barque qui devait l'emmener au vapeur.

Tard un soir, alors que Johan était assis dans le pavillon, une silhouette apparut entre les arbres dans le jardin. Il en eut des sueurs froides.

Il pensa d'abord avoir rêvé, mais il se rendit compte qu'elle était bien réelle.

Il venait juste de pleuvoir. Des gouttes tombaient des branches. Sa chemise de nuit était lourde d'humidité dans le bas et moulait ses hanches.

Il était pris ! Sans possibilité d'évasion. Et elle se dirigeait droit sur le pavillon... Comme si elle savait qu'il était là. Caché par les vrilles de houblon et les lilas.

Elle s'assit sur le banc à côté de lui sans dire mot.

Il se sentait violé par son odeur entêtante. En même temps, il tremblait de dégoût.

Elle jeta ses jambes nues sur la table de jardin et siffla un air qu'il ne connaissait pas. Tout en le scrutant avec sérieux. La clarté de juin était faible dans le pavillon. Pas assez, cependant, pour le cacher, sentait-il.

Il se leva pour partir. Mais elle lui faisait barrage avec ses longues jambes sur la table. Il avala sa salive.

— Bonne nuit, dit-il enfin, espérant qu'elle allait retirer ses jambes.

— J'viens juste d'arriver, dit-elle moqueuse.

Et ne fit pas mine de le laisser passer.

Il était comme un paquet auquel personne ne fait attention.

Tout à coup, elle avança la main et lui caressa le poignet.

— Écris quand tu s'ras dans le Sud ! Raconte tout c'que tu vois !

Il hocha de la tête faiblement et retomba sur le banc à côté d'elle. Comme si elle l'avait poussé.

— Et pourquoi tu veux devenir pasteur ? demanda-t-elle.

— C'était Maman qui le voulait.

— Mais enfin, elle est morte.

— C'est justement pour ça.

— Tu l'veux toi-même ?

— Oui.

Elle poussa un profond soupir et se pencha vers lui, à tel point qu'il perçut ses seins à travers le tissu fin de la chemise humide. Il eut la chair de poule. Il n'arrivait plus à bouger.

— Personne m'demande de devenir pasteur, dit-elle avec satisfaction.

Il se racla la gorge et se ressaisit.

— Les femmes ne peuvent pas être pasteurs.

— Non, heureusement.

Il recommença à pleuvoir. Quelques petites gouttes éparses qui se posèrent comme de légères vagues sur l'herbe vert vif. Une lourde odeur de terre et d'humidité emplissait les narines. Se mêlant à celle qui émanait de Dina. Indissolubles à tout jamais de l'odeur de la femme.

— Tu m'aimes pas, déclara-t-elle brusquement.

— Je n'ai jamais dit ça !

— Non, mais c'est comme ça !

— C'est pas ça...

— Ah ?

— Tu n'es pas... Je veux dire... Le père n'aurait jamais dû prendre une femme aussi jeune.

Elle eut un rire roucoulant, comme s'il lui venait à l'esprit quelque chose qu'elle ne voulait pas raconter.

— Chut, dit-il, tu vas réveiller les gens.

— On va s'baigner dans la baie ? chuchota-t-elle en lui secouant le bras.

— Se baigner ! Non ! C'est la nuit !

— Qu'est-c'que ça fait ? Il fait lourd.

— Mais il pleut !

— Et alors ? J'suis déjà mouillée.

— Ils peuvent se réveiller... et...

— Y a quelqu'un qui t'attend ? murmura-t-elle.

Son murmure l'étouffait. Le pressait contre terre. Pour le faire rebondir en l'air. Entre les montagnes. Et ensuite retomber sur le banc comme par un coup de poing.

Plus tard, il n'arriva jamais à séparer ce qui était arrivé en réalité de son rêve de tête de cheval.

— Mais le père...

— Le Jacob, il dort !

— Mais il fait clair...

— Tu viens, ou t'es une poule mouillée ?

Elle se leva et se pencha sur lui, tout près, en passant. Se retourna une fois et attendit une seconde ou deux.

Son visage exprimait une sorte de chagrin qui ne correspondait ni à sa voix ni à ses mouvements. Elle entra dans un mur d'humidité qui absorba tout son corps et la rendit invisible. Mais il ne restait aucun doute sur la direction qu'elle avait prise.

Quand il arriva dans la baie derrière le monticule où l'on hissait le drapeau, il était trempé. Elle était nue entre les pierres. Elle avança de quelques pas dans l'eau. Se pencha pour ramasser quelque chose. L'étudia soigneusement.

Et brusquement ! Comme si elle avait senti son regard posé sur ses hanches, elle se retourna et se redressa entièrement. Elle avait la même expression de chagrin que dans le pavillon quelques minutes auparavant.

Il préféra croire que c'était la raison pour laquelle il avait cédé. Il enleva son pantalon et sa chemise. Gêné et excité à la fois. Et alla vers elle. L'eau était froide. Mais il ne le sentait pas.

— Tu sais nager ?

— Non, pourquoi ? dit-il et se rendit compte à quel point ça avait l'air bête.

Elle se rapprocha encore. Une pression épouvantable contre les tempes lui donna l'impression de se noyer, bien que l'eau lui arrivât aux genoux.

Tout à coup il comprit à quel point il avait l'air idiot dans ses sous-vêtements blancs. Frissonnant.

Elle vint tout près et le prit par la taille pour le forcer à entrer dans l'eau. Il se laissa faire. Se laissa entraîner assez loin pour que tous les deux flottent. Se laissa emporter vers les escarpements des récifs.

Elle se mouvait pour eux deux. En mouvements calmes et rythmiques du bassin et des jambes. Sans forces, il la laissait le soutenir. Les soutenir tous les deux.

L'eau glacée, la bruine douce, ses mains qui changeaient de prise sur lui, tantôt ici, tantôt là.

Le cheval de son rêve ! Dina, que son père avait épousée. Elle qui dormait dans la salle dans le lit de son père. Et au milieu de tout ça, qui était une autre.

Il eut tellement envie de lui raconter le trou noir du cimetière. Qui avait englouti Ingeborg. Raconter le père qui titubait à moitié ivre après l'enterrement.

Mais il n'avait pas appris les mots qu'il fallait. Ils étaient si accablants. Comme cette nuit.

Il aurait pu lui raconter tout ce qui aurait dû être dit à Ingeborg avant sa mort. Les Noëls à Reinsnes. Quand la mère allait et venait. Affairée, avec des taches roses d'excitation sur les joues. Toutes les aiguilles qui le transperçaient quand il perdait le regard de sa mère parce que le père venait d'entrer dans la pièce.

Il aurait pu lui expliquer le chagrin qu'il ressentait chaque fois qu'il devait quitter la maison. Bien qu'il le désirât lui-même. S'en aller.

Dina était une Walkyrie sortie du livre de mythologie de Mère Karen. Un être qui le faisait flotter. Qui, en secret, comprenait tout ce qu'il n'arrivait pas à exprimer.

Johan se laissa aller là où il n'avait pas pied. Son horreur pour Dina se noya. Sa nudité l'enveloppa comme une membrane.

Je suis Dina, qui tiens un poisson brillant. Mon premier poisson. Je dois moi-même le décrocher. L'hameçon est tordu. Il est assez abîmé. Je le rejette ensuite. Il n'a qu'à se débrouiller. C'est un jour bleu.

Ils n'avaient rien pour se sécher. Il s'essaya à un rôle dont il n'avait pas l'habitude, la galanterie. Il voulait qu'elle utilise sa chemise pour se sécher.

Elle refusa.

Graves et frissonnants, ils se rhabillèrent sous la pluie.

Tout à coup elle dit, comme si déjà elle était sur la rive, le regardant partir :

— Écris-moi !

— Oui, dit-il en jetant des coups d'œil inquiets vers le sentier qui montait à la maison.

— Je m'suis jamais baignée en compagnie avec d'autres.

Ce furent ses derniers mots avant de remonter le sentier en courant.

Il voulut l'appeler. Mais il n'osait pas. Elle avait déjà disparu entre les arbres.

L'eau coulait des branches. Il accrocha son désespoir sur les branches. Qui laissaient tout retomber en grosses gouttes.

— Comment peux-tu savoir nager si tu ne t'es jamais baignée avec personne ?

La question le lancinait.

Mais il n'osait pas la lui crier. On aurait pu l'entendre...

Il s'en fit une armure. Pour se dissimuler le désir qui restait à la dérive sur la plage entre les algues. Dans la question : Comment sais-tu nager ?

Mais finalement, il ne put y tenir. Il se glissa sous un gros rocher qui lui avait servi de cachette pendant toute son enfance. Là, il prit dans sa main son sexe dur comme pierre et se laissa aller. Sans une pensée pour Dieu.

À partir de ce jour-là Johan se mit à détester son père. Profondément et de toute son âme. Toujours sans consulter son Dieu.

Jacob se réveilla quand Dina entra dans la salle.

— Où as-tu été, Seigneur Dieu ! s'exclama-t-il quand il vit la silhouette mouillée.

— M'baigner.

— En pleine nuit ! s'écria-t-il, incrédule.

— Y a pas grand monde qui s'promène la nuit, dit-elle.

Elle laissa tomber tous ses vêtements en un tas sur le plancher et grimpa dans le lit.

Il avait assez de chaleur pour deux.

— Tu as rencontré le spectre marin, espèce de sorcière ? plaisanta-t-il à moitié endormi.

— Non, mais j'ai vu son fils !

Il eut un rire étouffé et poussa une plainte parce qu'elle était si froide. Jacob n'y voyait aucun mal. Il ignorait qu'elle savait nager.

7

> Quelqu'un mettra-t-il du feu dans son sein sans que ses vêtements s'enflamment ?
> Ou quelqu'un marchera-t-il sur des charbons ardents sans que ses pieds soient brûlés ?
> (Proverbes de Salomon, 6, 27 et 28)

Dina fut du voyage à Bergen cet été-là.

Mère Karen comprit que, de toute façon, l'éducation de Dina ne se ferait pas en une journée. Et une fois le bateau parti, elle avoua avoir aspiré au calme et à la paix. Le départ de Johan tout de suite après fut bien pire pour la vieille dame.

Dina était une enfant dévergondée qu'il fallait surveiller.

Plus d'une fois, l'équipage, gêné, resta paralysé par ses élucubrations.

Anders prenait tout avec calme et bonne humeur.

La première invention de Dina fut de déménager sa couche de la cabine sur le pont, dehors. Là, elle n'arrêtait pas de jouer aux cartes et de chanter des rengaines avec un gars inconnu qui s'était fait embaucher au dernier moment — et qui jouait d'un chétif instrument à cordes. Du type dont les marins russes se servent.

Ce gars noiraud parlait un mauvais suédois, et prétendait avoir roulé sa bosse de pays en pays pendant plusieurs années. Il était arrivé du nord avec un bateau russe et était descendu à Reinsnes. Il s'était installé là en attendant de trouver une occasion de s'embarquer vers le sud.

Jacob cria une fois ou deux au timonier de calmer le jeu. Mais cela ne servit à rien. Il se sentait comme un vieux grincheux. Et c'était un rôle qu'il ne supportait pas.

De guerre lasse, il finit par sortir pour participer aux festivités.

Le jour suivant il s'arrangea pour faire escale à Grøtøy dans la soirée. Là, ils furent bien accueillis et bien soignés.

Grøtøy était une nouvelle escale sur la route du *Prinds Gustav* et le maître du lieu faisait de grands projets de construction d'une nouvelle boutique et d'un bureau de poste.

Un artiste peintre venait d'arriver, pour faire les portraits des maîtres de maison. Et Dina se concentra aussitôt sur le chevalet. Elle courait autour comme un chiot et reniflait les couleurs et la térébenthine. Elle était pendue aux gestes du peintre et lui grimpait presque sur les genoux.

Tout ce sans-gêne était embarrassant. Les domestiques chuchotaient des racontars sur la jeune maîtresse de Reinsnes. Et ils hochaient la tête en parlant de Jacob Grønelv. Il avait ses problèmes...

L'intimité de Dina avec le peintre rendait Jacob comme un chien de garde hargneux. Elle lui faisait honte, quand elle ne se tenait pas convenablement.

Il essaya de prendre sa revanche au lit. Il se jeta sur elle avec la force et l'autorité d'un mari jaloux et blessé.

Mais on toussa si fort de l'autre côté de la cloison qu'il dut y renoncer.

Dina mit la main sur ses lèvres et lui fit signe de se taire. Puis elle remonta sa chemise de nuit et s'assit à cheval sur un Jacob abasourdi. Puis elle les dirigea plus ou moins silencieusement vers la béatitude.

Quand ils reprirent la mer, elle resta tranquillement dans la cabine. Et le monde prit une meilleure couleur pour Jacob.

Ils mirent ainsi le cap sur Bergen sans qu'il se présente d'autres écueils à contourner.

Le port foisonnant ! La forteresse, les maisons et l'église. La voiture. Les messieurs élégants et les dames sous les parasols.

La tête de Dina, comme montée sur un moyeu, tournait dans tous les sens. Elle faisait claquer ses chaussures neuves sur les pavés. Et dévisageait chaque cocher, assis bien haut, le fouet reposant sur un genou.

Les voitures avaient souvent l'air de gâteaux décorés, débordantes de robes d'été claires garnies de volants et de ruches. Et de parasols en dentelle. Cachant totalement la tête et le visage de leur propriétaire.

Il y avait aussi les jeunes gens. Élégamment vêtus de costumes sombres et de chapeaux melon, ou encore dans un genre plus osé, en costumes clairs et canotiers penchés sur le front.

Là se tenait un vieil officier en capote bleue aux revers rouges, s'appuyant sur une pompe à eau. Il avait ciré si fort sa moustache qu'elle semblait dessinée. Dina alla droit à lui et le toucha. Jacob la tira par le bras et toussota, gêné.

Ici, une affiche attirait le client en proposant un excellent vin de Madère avec en prime des cigares de La Havane ! Derrière les rideaux du café, on voyait les banquettes en peluche rouge et les abat-jour à pompons.

Dina voulait y aller pour fumer le cigare ! Jacob la

suivait. Comme un père soucieux, il lui fit comprendre qu'elle ne pouvait pas fumer en public !

— Une aut'fois qu'j'irai à Bergen, c'est sûr qu'j'fumerai l'cigare ! dit-elle, vexée, en avalant gloutonnement son madère.

Jacob avait acheté un élégant costume d'alpaga bleu, à col de velours et veston croisé, avec un pantalon à carreaux. Il portait un chapeau comme s'il n'avait jamais fait que cela.

Il prit tout son temps chez le barbier et chez le coiffeur. Et revint au logis les joues rasées. Il avait quelques bonnes raisons pour cela.

L'une était que le patron de l'hôtel lui avait demandé s'il voulait deux chambres. L'une pour M. Grønelv et l'autre pour sa fille. D'autre part, il se souvenait aussi qu'un an auparavant, Dina avait remarqué qu'il grisonnait. Il n'y avait pas de raison de montrer plus de gris que nécessaire.

Dina essayait des chapeaux et des robes avec le même sérieux que lorsqu'elle essayait en cachette les robes de Hjertrud avant de se marier.

Les créations bergenoises faisaient des miracles. Dina semblait plus âgée et Jacob rajeunissait.

Ils étaient deux paons vaniteux se contemplant dans les vitrines et les flaques d'eau qui se trouvaient sur leur passage.

Anders souriait avec bonhomie de tout cet étalage de toilettes.

Dina évaluait, comptait, additionnait et divisait. Faisait fonction de machine à calculer pour Jacob et Anders au moment des achats et des ventes. Elle attirait l'attention.

Un soir Jacob, ayant trop bu, devint jaloux. Elle avait parlé avec un monsieur cultivé qui l'avait traitée avec respect parce qu'elle avait joué du Beethoven sur le piano de l'auberge.

Une fois seuls, Jacob lui lança qu'elle aurait toujours l'air d'une putain si elle continuait à laisser ses cheveux flotter.

Elle ne répondit pas tout de suite. Et comme il n'arrivait pas à s'arrêter, elle lui colla un coup de pied sur le tibia qui lui fit pousser un cri de douleur.

— Ça c'est bien l'avarice du Jacob Grønelv. Il peut pas souffrir que d'aut' voient mes cheveux. Not'-Seigneur est pas aussi avare que le Jacob. Ou alors les aurait pas fait pousser !

— Tu t'exposes ! dit-il en se frottant la jambe.

— Ben, si j'avais été un cheval ? ou un bateau ? Alors j'aurais eu l'droit d'me montrer ? Alors que la Dina, elle doit rester invisible ?

Jacob n'insista pas.

Le dernier jour à Bergen, ils passèrent devant une palissade sur laquelle étaient collées différentes affiches.

Dina était comme une mouche attirée par une coupe de sucre.

On recherchait un voleur. L'homme pouvait être dangereux, disait-on. D'autres petites affiches annonçaient des réunions religieuses, ou des travaux de couture.

Un monsieur âgé, bonne situation, recherchait une dame pour tenir sa maison.

Au milieu de tout cela se trouvait une grande affiche noir et blanc, qui annonçait qu'on allait pendre un homme pour avoir tué sa fiancée.

Le portrait de l'homme, recouvert de boue, était devenu invisible.

— C'est heureux pour la famille, dit gravement Jacob.

— On va y aller ! dit Dina.

— Au lieu de l'exécution ? demanda Jacob, effaré.

— Oui !

— Mais, Dina ! On va pendre un homme !

— Oui. C'est bien c'qui est dit sur l'affiche.

Jacob la dévisageait.

— C'est horrible à regarder !

— Y a pas d'sang.

— Mais il va mourir.

— Tout l'monde il va mourir.

— Mais, Dina, je crois que tu ne comprends pas tout à fait...

— Tuer l'cochon, c'est bien pire !

— Mais là, il s'agit d'un animal.

— En tout cas, moi, j'veux y aller !

— Mais ce n'est pas un spectacle pour les dames. Du reste cela peut être dangereux...

— Et pourquoi dangereux ?

— La foule en colère peut lyncher les dames de la bonne société qui viennent par curiosité. C'est absolument vrai, ajouta-t-il.

— On louera une voiture. Comme ça on pourra vite se sauver.

— On ne trouvera jamais un cocher qui acceptera de nous y emmener pour notre divertissement.

— C'est pas pour nous divertir, répliqua Dina, furieuse, c'est pour voir comment ça s'passe.

— Tu me fais peur, Dina ! Qu'est-ce que tu veux voir ?

— Les yeux ! Ses yeux à lui... quand ils lui passent la corde autour du cou...

— Chère, chère Dina, tu ne sais pas ce que tu dis.

Le regard vague de Dina le traversa. Comme s'il n'existait pas. Il la prit par le bras pour continuer.

— Comment il prend ça, ça j'veux voir ! dit-elle fermement.

— Est-ce vraiment quelque chose à voir, qu'un malheureux dans toute sa misère ?...

— C'est pas une misère ! coupa-t-elle avec irritation.

— C'est l'instant le plus important !

Elle n'en démordait pas. Jacob comprit qu'elle était capable d'y aller seule s'il ne se pliait pas à sa volonté.

Ils louèrent une voiture et partirent le lendemain au petit matin. Le cocher n'était pas du tout réticent, contrairement à ce que Jacob avait prévu. Mais il demandait une belle somme pour rester là pendant l'exécution, afin de pouvoir mettre la voiture en route à la moindre injonction de Jacob.

Un flot régulier amenait les spectateurs autour de la potence. Les corps se pressaient les uns contre les autres. Serrés. L'excitation flottait dans l'air comme une vapeur écœurante d'huile de foie de morue.

Jacob frissonnait en regardant Dina.

Elle fixait ses yeux clairs sur le nœud de la corde qui se balançait. Elle tirait sur ses doigts en faisant craquer ses jointures. Elle avait la bouche ouverte. Sa respiration sifflait entre ses dents.

— Arrête ça, dit Jacob, posant la main sur ses doigts.

Elle ne répondit pas. Mais posa les mains sur ses genoux. La transpiration perlait lentement sur son front et coulait le long de ses narines. En deux puissants ruisseaux.

Les gens ne parlaient pas les uns avec les autres. Un murmure continu emplissait l'air. Une excitation dont Jacob se serait bien passé.

Il retint solidement Dina quand l'homme fut conduit en charrette sous la potence.

L'homme n'avait rien sur la tête. Il était en haillons, sale et pas rasé. Ses mains se crispaient et s'ouvraient dans les fers.

Jacob pensait ne jamais avoir vu un être humain dans un état aussi misérable.

Ses yeux fixaient follement la foule. Un prêtre était arrivé et dit quelque chose au malheureux. Quelqu'un cracha sur la charrette et lança des injures. Dont l'une était « Assassin ! ».

L'homme eut d'abord un mouvement de recul

devant le crachat. Puis tout fut comme s'il était déjà mort. Il se laissa enlever les fers qu'il portait aux mains et aux pieds, et on lui passa le nœud autour du cou.

Des gens s'entassaient entre la voiture de Dina et de Jacob et le barrage dressé devant la potence.

Dina se mit debout dans la calèche. Se tenant à la capote elle se penchait au-dessus de la tête des gens.

Jacob ne put voir ses yeux. Il avait perdu tout contact avec elle. Il se leva pour la retenir au cas où elle tomberait.

Mais Dina ne tomba pas.

Le cheval attelé à la charrette du condamné reçut un coup de fouet sur le flanc. L'homme pendit en l'air. Jacob saisit Dina. Les soubresauts de l'assassin se répercutaient en lourdes secousses dans son corps.

C'était fini.

Elle ne dit rien quand ils retournèrent au port. Resta assise tranquillement. Droite comme un *i*.

Le foulard de Jacob était trempé de sueur. Il retenait ses mains errantes sur ses genoux, et ne savait pas ce qui était pire. L'exécution ? Ou bien le désir qu'avait eu Dina d'y assister ?

— Il n'a pas fait trop d'histoires, celui-là, commenta le cocher.

— Non, dit Jacob faiblement.

Dina regardait droit devant elle, comme si elle retenait sa respiration. Puis elle soupira profondément et très fort. Comme si elle avait enfin terminé un gros travail entrepris depuis longtemps.

Jacob ne se sentait pas bien. Il ne quitta pas Dina du regard le reste de la journée. Il essaya de lui parler. Mais elle se contentait de sourire, avec une curieuse amabilité, et lui tournait le dos.

Le deuxième matin, en pleine mer, Dina réveilla Jacob et lui dit :

— Il avait des yeux verts qui m'regardaient !

Alors il la serra contre lui. La berça, comme un enfant qui n'avait jamais su pleurer.

Sur la route du retour vers le nord, ils s'arrêtèrent chez des amis de Jacob, propriétaires du vieux domaine de Tjøtta. Ils eurent l'impression d'arriver dans un palais. Tel était le style de la réception.

Jacob était anxieux de ce que Dina pouvait inventer. Mais en même temps, il était fier de montrer son précieux faucon de chasse. Tant pis pour les morsures si on ne le tenait pas avec un gant. Dina ne semblait pas impressionnée par le fait que leurs hôtes étaient en possession d'un domaine qui avait été le berceau de nombreux hauts fonctionnaires et qui, du temps de sa splendeur, couvrait l'étendue de deux ou trois paroisses. Elle ne s'exclama pas devant les imposants salons. Ni devant la maison de maître à deux étages et longue de trente-quatre aunes.

Mais elle s'arrêtait chaque fois qu'ils passaient devant les étranges pierres levées de l'allée d'entrée. Elle montrait presque du respect pour ces vieilles pierres et voulait connaître leur histoire. Elle courait dehors, pieds nus, pour guetter la lumière du crépuscule qui tombait si curieusement sur elles.

Le premier soir, la conversation fut animée autour de la table du punch. Le salon était rempli à craquer de jeunes comme de vieux. Les histoires passaient des uns aux autres autour de la table.

Le maître de maison racontait comment toute cette région du Nordland était tombée entre les mains du Danois de haute lignée Jochum Jürgens, ou bien Irgens comme on l'appelait.

Ce gérant des biens de la Couronne dans le Jutland devint chambellan de Christian IV. C'était une fine mouche. Il avait vendu tellement de vin du Rhin et tellement de perles à la cour que lorsque vint le moment de payer, il n'y avait pas assez d'argent dans les caisses de l'État. On lui donna alors simplement à la place — par le décret du 12 janvier 1666 — les biens de la Couronne situés à Helgoland, Salten, Lofoten, Vesterälen, Andenes, Senja et Tromsø ! En paiement de quelques tonneaux.

Cela représentait plus de la moitié des terres de la province du Nordland. S'y ajoutaient la résidence de Bodøgaard, celle de Steigen et la part de la dîme qui revenait au roi.

Cette histoire impressionna tellement Dina qu'elle voulait que Jacob arme son yacht immédiatement pour faire le tour du district qui avait fait les frais du vin du Rhin et des perles.

Et elle faisait de savants calculs devant les jeunes filles de la maison. Cherchant de combien de bouteilles ou de quarts de tonneaux il s'agissait. Ou encore de combien de grands tonneaux.

Mais comme personne ne pouvait lui donner le prix exact des perles ou du vin du Rhin au XVIIe siècle, elle n'arriva pas à trouver la solution à ses problèmes.

Jacob aurait préféré partir le lendemain.

Sur l'insistance des maîtres de maison, il se laissa convaincre de rester deux nuits de plus, comme il était de coutume.

Dina et Anders s'étaient alliés pour le faire céder. Bien que le capitaine du bateau, Anton, ait été de son avis.

Pendant tout le voyage, Jacob avait surveillé les faits et gestes de Dina quand ils se trouvaient en compagnie d'autres personnes. Il commençait à être fatigué. Les exercices nocturnes aussi étaient épuisants.

Ce fut donc avec un certain soulagement qu'il laissa Dina veiller avec les filles de la maison deux nuits de suite pour surprendre un revenant.

Celui-ci avait l'habitude de traverser les salons pendant la nuit. Dina entendit parler des signes avant-coureurs. Ils étaient plusieurs dans le domaine qui l'avaient vu. Ils en parlaient comme de la visite habituelle d'un voisin.

Mais les yeux de Dina se voilèrent et elle fronçait le front comme si elle avait un morceau de musique difficile à déchiffrer.

La deuxième nuit, une petite silhouette d'enfant traversa le grand salon pour aller se perdre derrière une vieille pendule. Toutes les jeunes filles étaient d'accord. Elles l'avaient toutes vue. Cette fois encore.

Dina était tout à fait muette. Si muette que cela frisait l'impolitesse.

Jacob était content que la visite se termine, sans que cela paraisse ostensible. Ils avaient passé trois nuits à Tjøtta.

Sur le chemin du retour, Jacob fit remarquer la curieuse familiarité de leurs hôtes avec les revenants.

Dina se détourna, fixa la mer et ne répondit pas.

— Et comment était-il ? demanda-t-il.

— Il était comme tous les enfants abandonnés.

— Et comment sont-ils ? demanda-t-il avec un peu d'irritation.

— Tu d'vrais l'savoir.

— Comment ça ?

— T'en as eu plusieurs dans la maison !

Elle était comme un chat feulant prêt à l'attaque. Il fut tellement effrayé par la tournure que prenaient les choses qu'il n'insista pas.

Jacob raconta à Mère Karen la réaction de Dina sur les prétendus revenants de Tjøtta. Mais il ne raconta pas qu'il l'avait accompagnée à une exécution par pendaison à Bergen.

Mère Karen n'en pensa pas moins, sans en faire part

à Jacob. Elle trouva que la gamine était plus réfléchie qu'elle n'en avait l'air.

« Tu en as plusieurs dans la maison » était une réflexion que Jacob devait prendre au sérieux, sans que personne n'ait besoin de le lui rappeler.

Jacob avoua à Mère Karen qu'il était plus fatigué par ce voyage qu'il ne l'était d'habitude.

Elle ne dit pas que c'était à cause de Dina. Ne fit aucune réflexion déplacée.

Du reste, Mère Karen avait trouvé que ce voyage de Dina à Bergen avait eu du bon.

La gamine mal élevée avait maintenant une autre tenue. Elle semblait avoir découvert que le monde existait au-delà de l'horizon de Reinsnes ou de la ferme du commissaire.

Le visage s'était également transformé. Mère Karen ne pouvait pas dire en quoi. Quelque chose dans le regard...

De toute façon, Mère Karen comprenait bien plus de choses qu'elle n'en donnait l'impression. Et elle évita de répéter à son fils ce qu'elle avait dit quand il avait triomphalement annoncé que Dina Holm, âgée de quinze ans, allait devenir la maîtresse de Reinsnes.

Elle posa seulement légèrement la main sur l'épaule de son fils et soupira avec compréhension. Et elle vit bien que des vêtements neufs et une nouvelle coupe de cheveux ne pouvaient dissimuler que Jacob grisonnait et qu'il avait perdu son petit ventre.

Il avait l'air d'avoir emprunté son gilet. De profonds sillons marquaient son front et des cernes bleutés le tour des yeux. Il était quand même incroyablement beau.

Sa fatigue résignée était plus seyante que la faconde qui le caractérisait à l'arrivée de Dina.

De lourds mouvements calmes. La manière qu'il avait de se redresser. Cette longue silhouette souple, tout à fait dépourvue de l'embonpoint habituel aux hommes de son âge.

Mère Karen voyait tout cela. À sa manière.

Oline allait et venait à la cuisine. Elle le voyait aussi. N'était pas sûre que ce nouveau Jacob, si chargé de responsabilités, lui plaise. Elle n'aimait pas trop Dina non plus. Oline aurait préféré que tout soit comme avant. Surtout Jacob.

Dina voulait faire le tour du Nordland avec le yacht pour voir tout ce qui avait servi à payer les quelques perles et les quelques tonneaux de vin de Christian IV.

Elle ne pouvait pas comprendre qu'il était impossible d'entreprendre un voyage à cette saison.

Jacob avait dit calmement, mais fermement : non !

Il subit sa fureur en père raisonnable. Et il accepta les punitions infligées. Elles consistaient à l'envoyer dormir seul dans le cabinet attenant à la salle.

En vérité, il était tellement épuisé après ce voyage, pendant lequel il avait dû continuellement se montrer vigilant sur tous les fronts, qu'il dormit d'un sommeil de plomb sur la chaise longue inconfortable qui meublait la pièce. Sachant que la tempête s'apaiserait et que les bons jours reviendraient. L'important était de recouvrer son énergie et sa santé.

8

> Car la prostituée est une fosse profonde, et l'étrangère un puits étroit ; elle dresse des embûches comme un brigand et elle augmente le nombre des perfides.
> (Proverbes de Salomon, 23, 27 et 28)

Ce nouveau mariage, décidé à la vue de deux cuisses fermes serrant le corps d'un violoncelle, et débutant par une dramatique chasse à la mariée réfugiée dans un arbre, retrouva le calme après le voyage à Bergen.

Une fatigue constante lancinait Jacob. Il devait continuellement faire des efforts pour participer au monde de Dina. Ne jamais la perdre de vue ni l'abandonner à d'autres en cours de route.

Il n'était pas assez conscient pour appeler cela de la jalousie. Il savait seulement que la tragédie les guettait s'il perdait Dina de vue trop longtemps.

Il était toujours en compétition avec quelque chose ! Les revenants de Tjøtta. Des peintres ou des musiciens. Oui, même un homme de l'équipage n'ayant pas de quoi payer son passage sur le vapeur, et pris par pitié sur le chemin du retour moyennant du travail à bord, avait été une menace humiliante.

Dina avait joué aux cartes ! Et même fumé la pipe en compagnie de ce type sale et mal rasé.

Jacob commençait à comprendre que son dernier amour risquait bien de lui coûter plus que prévu. En tout cas, le repos nocturne.

Il ne pouvait même plus faire des virées avec ses copains de jeunesse. Il ne pouvait pas laisser Dina, et il ne pouvait pas non plus l'emmener. Rien que par sa présence, elle apportait le trouble dans une compagnie d'hommes.

Elle pouvait se montrer aussi grossière qu'un charretier et aussi compliquée qu'un juge d'instruction.

Sans parler de l'affichage de sa féminité, tout à fait étrangère aux us et coutumes des gens normaux. Elle promenait son grand corps ferme comme un jeune général. Qu'elle soit à cheval ou assise dans un salon.

Il émanait d'elle un mélange d'odeur d'écurie et d'eau de rose, et une froideur désintéressée qui attiraient les hommes comme des mouches.

Jacob en avait eu son compte pendant le voyage à Bergen. Cela lui donnait des sueurs froides et une infâme migraine.

Et puis il y avait cette musique...

Pour Jacob, le violoncelle de Dina éveillait des pensées érotiques et il était terriblement jaloux à l'idée que d'autres puissent la voir avec son instrument entre les cuisses.

Il alla jusqu'à lui recommander de tenir ses jambes réunies d'un seul côté du violoncelle ! Pour moins choquer les spectateurs.

Le rire de Dina était chose rare, pour ne pas dire inexistante. Mais il résonna dans toute la maison quand Jacob, rouge comme une pivoine, essaya de lui en faire la démonstration. On l'entendit jusqu'à la boutique et dans les entrepôts.

Ensuite, elle se mit à le séduire au beau milieu de la journée, toutes portes ouvertes. Il arrivait que Jacob se torture à penser qu'elle n'avait pas été si innocente. Que son manque total de pudeur, la ferveur de ses abandons et les examens minutieux qu'elle infligeait à son corps poilu ressemblaient plus au comportement vénal d'expériences antérieures qu'à celui d'une jeune fille de seize ans.

Cette idée le poursuivait jusque dans ses rêves. Il essaya de l'interroger, en laissant tomber une remarque par hasard...

Mais elle lui répondit par un regard chargé d'éclats de verre coupants.

Mère Karen et les fils adoptifs laissèrent Jacob jouer son rôle de jeune marié jusqu'à son retour du marché d'automne. Mais alors, ils lui firent clairement comprendre, en paroles et en actes, que les affaires et le domaine avaient besoin de lui.

Tout d'abord, il n'y prêta pas attention.

Mère Karen le fit appeler dans sa chambre et lui dit carrément qu'on ne savait plus s'il fallait rire ou pleurer de la vie qu'il menait, lui, un homme mûr.

Cela avait déjà été assez terrible après la mort d'Ingeborg, mais jamais à ce point-là. Il était temps qu'il se lève pour le petit déjeuner, et qu'il se couche le soir à une heure chrétienne. Autrement, elle partirait. Parce que tout était sens dessus dessous depuis que cette Dina avait fait son entrée dans la maison.

Jacob prit la chose en fils respectueux. La tête baissée, plein de repentir.

Il avait manqué à tous ses devoirs aussi bien envers l'exploitation du domaine qu'envers les affaires. Dina l'absorbait entièrement. Les jours filaient en une sorte de ronde insensée, dans laquelle les caprices de Dina, les inventions de Dina et les besoins de Dina ne faisaient qu'un avec les siens.

Avec la seule différence qu'elle était une enfant qui n'avait d'autre rôle que d'être la femme-enfant de Jacob.

Jacob, depuis longtemps, se sentait inutile et fatigué. Les inventions de Dina lui pesaient. La bestialité de ses jeux dans le lit à baldaquin, ou n'importe où ailleurs, le privait du calme et du sommeil dont il avait tellement besoin.

Le soir même de sa conversation avec Mère Karen, il refusa la séance habituelle qu'ils passaient à boire du vin et à jouer ensemble, à moitié nus devant le poêle.

Dina haussa les épaules et remplit deux verres, se mit en chemise et s'installa devant la table de jeu.

Elle jouait contre elle-même et buvait des deux verres. Elle secoua bruyamment les portes du poêle et chantonna à mi-voix jusque tard dans la nuit.

Jacob ne ferma pas l'œil. À intervalles réguliers, il l'appelait pour qu'elle se mette au lit.

Mais elle pinçait la bouche et ne daignait pas répondre.

Juste avant le jour, il se leva. Étira son corps engourdi et alla vers elle.

Avec la patience d'un ange et le calcul d'un serpent. Il prit son temps pour l'amadouer. Trois tours de jeu pour être exact. Elle avait bu tout le vin depuis longtemps. Il alla chercher un peu d'eau tiède dans la carafe de cristal sur la table de nuit et s'en versa dans le verre vide qui lui était destiné. Puis il la questionna du regard.

Elle acquiesça de la tête. Il lui versa de l'eau aussi. Ils trinquèrent et burent l'eau tiède. Au vrai, il savait bien qu'elle ne parlait pas, et ne répondait pas, quand ses yeux étaient lourds de vin, mais il fit quand même un essai.

— Dina, ça ne peut pas continuer ainsi. Il me faut du sommeil, tu le sais. J'ai beaucoup à faire. Je veux dire, dans la journée. Tu devrais comprendre, ma chérie...

Elle avait son petit sourire. Mais elle ne le regardait pas. Il s'approcha. La prit dans ses bras et lui caressa le dos et les cheveux. Avec douceur. Il était si fatigué qu'il n'avait pas le courage d'entamer une dispute ou une fâcherie. Du reste, Jacob n'était pas querelleur.

— La fête est finie Dina, il faut comprendre que nous, les maîtres de maison, il faut nous mettre au travail. Et pour cela, on a besoin de dormir la nuit comme tout le monde.

Elle ne répondait pas. S'appuyait seulement lourdement contre lui, et restait tranquille sous ses caresses.

Il resta ainsi à boire de l'eau tiède tout en la caressant jusqu'à ce qu'elle finisse par s'endormir.

Tout d'abord, elle avait été comme un arc tendu, mais petit à petit, elle s'était détendue et abandonnée comme un enfant qui s'endort dans les sanglots.

Il la porta au lit. Grande et lourde comme elle était. Même pour un homme comme Jacob. La terre semblait l'attirer vers elle et vouloir le forcer à s'agenouiller devant le lit.

Elle gémit quand il se libéra et la recouvrit.

Il était l'heure de se lever. Il se sentait moulu, vieux et très seul en se rendant aux occupations qu'il avait abandonnées.

Jacob fit mettre en état le petit cabinet attenant à la salle. Il servait de garde-robe. Il y avait là une chaise longue recouverte d'un mauvais tissu couleur cognac aux franges usées. Il fit monter un vase de nuit supplémentaire et des draps et couvertures. C'est là qu'il allait dormir. Il prit comme prétexte ses ronflements qui empêchaient Dina de dormir.

À ces mots, Oline regarda Jacob avec étonnement. Mais elle ne dit rien, pinça seulement les lèvres, formant un éventail de rides autour de sa grande bouche. Ainsi, on en était là, à Reinsnes ; le maître de maison était relégué sur une chaise longue inconfortable, pendant qu'une gamine se prélassait dans le lit à baldaquin ! Oline tempêtait, et envoya une servante avec des draps, un duvet et un oreiller.

La nuit où Jacob déménagea dans le cabinet, Dina

commença à jouer du violoncelle vers minuit, quand tout le monde était dans son plus profond sommeil.

Jacob sursauta, et sentit monter une violente colère avant même d'être complètement réveillé. Il entra dans la salle et la foudroya du regard en sifflant :

— Ça suffit maintenant ! Tu réveilles toute la maison !

Elle ne répondit rien, continuant à jouer. Il se traîna alors jusqu'à elle et la prit par le bras pour l'arrêter.

Elle dégagea son bras et se dressa de toute sa hauteur, aussi grande que lui. Elle posa avec précaution le violoncelle contre la chaise et déposa l'archet. Puis, les poings sur les hanches, elle le regarda droit dans les yeux, en souriant.

Cela le rendit furieux.

— Mais qu'est-ce que tu veux, Dina ?

— Jouer du violoncelle, dit-elle froidement.

— Pendant la nuit ?

— La musique, elle vit mieux quand tout l'reste est mort.

Jacob comprit que cela ne menait à rien. Par intuition, il recommença ce qu'il avait fait le matin précédent. Il la prit dans ses bras. La caressa. La sentit devenir lourde. Si lourde qu'il pouvait la mettre au lit. Il se coucha contre elle et la caressa jusqu'à ce qu'elle s'endorme.

Il était étonné de constater comme cela avait été facile, mais il pensa qu'à la longue, ce serait épuisant d'avoir un si grand enfant dans la maison.

Ce désir qui l'avait consumé et brûlé nuit et jour avant leur voyage à Bergen, il s'était envolé. Tout était si différent et tellement plus compliqué qu'il ne l'avait imaginé. À cette seule pensée, il se sentait épuisé.

Mais il ne retourna pas dans le cabinet.

Il passa le reste de la nuit, fatigué à mort et perplexe, la tête de Dina posée sur son bras. Il fixait le plafond et pensait à la douceur d'Ingeborg.

Ils avaient vécu en paix et en harmonie et avaient

tiré grand plaisir l'un de l'autre. Mais ils avaient chacun leur chambre. Il pensa à réintégrer son ancienne chambre. Mais chassa cette idée.

La vengeance de Dina pouvait être terrible. Il commençait à la connaître maintenant. Ce qu'elle voulait, c'était posséder les autres sans être elle-même possédée.

Dans la pénombre, il ne distinguait que son contour. Mais son odeur était présente, ainsi que sa peau nue.

Jacob poussa un profond soupir.

Il arriva alors quelque chose.

Cela commença par la crise de printemps de Mère Karen, comme on disait. Bien qu'on soit en octobre !

Cette crise était une crise d'insomnies. Cela lui arrivait chaque fois que le printemps montait à l'assaut des deux fenêtres de sa chambre. La lumière de mars était épouvantable, à son avis. Et elle se plaignait.

Oline ne disait rien. Mais elle se détournait avec une moue méprisante. C'était bien ça ! Ces gens du Sud. Il suffisait qu'ils viennent de Trondheim pour se plaindre. De l'obscurité à l'automne et en hiver. Et quand enfin Notre-Seigneur renversait la vapeur, ce n'était pas ça non plus ! Oline avait été à Trondheim dans sa jeunesse, et les nuits de printemps y étaient aussi claires qu'ici.

Mais il fallait toujours se plaindre de quelque chose. Ces dames de Trondheim se conduisaient comme si elles venaient d'Italie !

La crise de printemps de Mère Karen, qui pour tout le monde était un signe aussi sûr que le retour des oiseaux migrateurs, amenait le désordre. Cette année-là, elle arriva en octobre.

Ainsi, les marches de l'escalier se mirent à grincer

pendant la nuit. Et la servante trouvait le matin dans la cuisine des restes de lait dans une casserole.

Parce que Mère Karen se faisait chauffer du lait avec du miel. Et elle restait attablée dans la cuisine vide à regarder la lumière du jour jouer sur le cuivre des casseroles au mur et glisser le long des planches peintes en bleu, révélant aussi que les lirettes avaient bien besoin d'une lessive.

Mère Karen se réveillait juste après minuit. Elle descendait à la cuisine et retrouvait le calme grâce à quelques gouttes de lait et au silence de la grande maison endormie.

Mais cette fois, ce n'était pas à la bonne saison, et il lui fallait apporter de la lumière.

En passant devant la fenêtre de l'entrée, elle vit une lanterne allumée dans le pavillon du jardin ! Elle crut d'abord que la lune lui jouait un tour en dirigeant ses rayons sur les vitres colorées des fenêtres. Mais elle se rendit compte qu'elle ne se trompait pas.

Sa première réaction fut de réveiller Jacob. Mais elle se reprit. Enfila sa houppelande par-dessus sa robe de chambre pour aller voir.

Elle était à peine sortie sur le perron que la porte du pavillon s'ouvrit et une haute silhouette en pelisse de mouton apparut. C'était Dina !

Mère Karen se dépêcha de rentrer et de remonter dans sa chambre aussi vite que ses vieilles jambes le lui permettaient.

Il n'était pas question de recevoir les bruyantes explications de Dina à cette heure indue. Mais elle se promettait de lui parler le lendemain.

Pour une raison ou pour une autre, cette conversation fut remise.

Mère Karen était plus insomniaque que jamais. Parce qu'il lui fallait en plus surveiller Dina. Ce n'était quand même pas normal qu'une jeune femme s'installe dans le pavillon au beau milieu d'une nuit de gel, même habillée de fourrure.

Elle ne savait pas pourquoi, mais elle n'arrivait pas à en parler à Jacob.

Elle découvrit un certain rythme dans les allées et venues nocturnes de Dina. C'était toujours par des nuits claires et froides, au ciel étoilé plein d'aurores boréales, que Dina allait dans le pavillon.

Finalement, un jour où elles étaient seules au salon, elle remarqua comme en passant, tout en observant Dina :

— Toi non plus, tu n'arrives pas à dormir à cette saison ?

Dina lui jeta un regard rapide.

— J'dors comme un loir !

— Je pensais avoir entendu... la nuit de vendredi, que tu t'étais levée.

— Ah, j'm'en souviens pas, dit Dina.

Il n'y avait plus rien à dire. Mère Karen en resta là. Ce n'était pas son genre de se mettre à discuter et de faire toute une histoire parce que quelqu'un n'arrivait pas à dormir. Mais elle trouvait curieux que Dina en fasse un mystère.

— Tu as l'habitude de la nuit polaire.

— Oui, répondit Dina, se mettant à siffler.

Sur ce, Mère Karen quitta la pièce. Elle considérait cela comme une provocation de la pire espèce. Les dames de bonne famille ne sifflaient pas.

Mais son mouvement d'humeur ne dura pas. Elle revint dans le salon au bout de quelques instants. Regarda par-dessus l'épaule de Dina les partitions que celle-ci feuilletait, et dit :

— Oui, joue-moi plutôt quelque chose. Tu sais que j'ai horreur quand tu siffles. C'est une mauvaise habitude qui convient mal...

Sa voix était douce. Mais le sens de ses paroles ne laissait aucun doute.

Dina haussa les épaules et quitta la pièce. Elle monta

lentement vers la salle et se mit à jouer des psaumes toutes portes ouvertes.

Mère Karen avait l'habitude de faire sa tournée pour contrôler les achats ménagers.

Descendre dans la cave humide lui coûtait de grands efforts. Mais il le fallait. Elle inspectait les rayons chargés de bocaux de conserves et les tonneaux remplis de salaisons. Elle donnait l'ordre de nettoyer et d'enlever les aliments avariés ou périmés. Elle tenait les rênes du ménage d'une main ferme et douce. Savait toujours combien de groseilles ou de framboises il restait au printemps. Notait et calculait les quantités qu'il faudrait l'année suivante.

La provision de vin se faisait quatre fois par an. Jusqu'à présent cela avait suffi. Si l'on faisait abstraction de la période de deuil de Jacob, deux ans auparavant, la consommation restait raisonnable.

Un mardi matin, juste avant Noël, elle descendit pour faire l'inventaire. Et découvrit qu'il ne restait plus une seule bouteille du coûteux madère à soixante-dix-huit shillings ! Et il restait seulement deux bouteilles de vin du Rhin, un hochheimer, à soixante-six shillings. Quant aux vins rouges de table, il n'y avait qu'un maigre reste de l'excellent saint-julien à quarante-quatre shillings. Deux bouteilles !

Mère Karen remonta résolument de la cave. Nouant plusieurs fois son châle sur elle, elle se dirigea en personne vers le bureau pour parler à Jacob.

Il était le seul à avoir la clé de la porte grillagée qui enfermait les rayons sur lesquels étaient posées les bouteilles. Elle avait dû elle-même la lui demander ce matin-là !

Mère Karen était plus que choquée. Jacob n'avait montré aucun signe de mauvaise conscience quand il avait appris qu'elle allait descendre faire l'inventaire.

Oline avait la consigne impérative de marquer d'un

trait dans le registre des comptes du ménage la moindre bouteille que l'on ouvrait. Et ces comptes devaient correspondre avec la réalité.

Jacob était en train de fumer sa pipe de la journée quand elle arriva. Un peu rouge, et sans col, comme il en avait l'habitude quand il faisait ses comptes avec Niels. C'était un genre de travail qu'il n'aimait guère.

Dès que Mère Karen apparut, il sut qu'il y avait quelque chose. La petite silhouette menue donnait les signes de la plus profonde indignation sous les franges de son châle.

— Il faut que je te parle, Jacob ! Seul !

Niels obéit et sortit en fermant la porte.

Mère Karen attendit un peu avant de l'ouvrir d'un mouvement rapide pour contrôler qu'il avait bien traversé l'entrepôt pour aller à la boutique.

— Tu as repris tes mauvaises habitudes ? demanda-t-elle sans détour.

— Ma chère mère, à quoi fais-tu donc allusion ?

Il repoussa ses livres de comptes et éteignit sa pipe, pour ne pas la provoquer encore plus.

— J'ai été dans la cave ! Il n'y a plus de madère et presque plus de saint-julien !

Jacob réfléchit, se tirant la moustache. Sa mauvaise conscience d'autrefois se réveillant, il était sur le point de croire qu'il avait vraiment bu tout ce vin.

— Ma chère mère, c'est simplement impossible !

— C'est pourtant ainsi !

La voix de Mère Karen tremblait quelque peu.

— Mais, depuis des siècles, je ne suis pas descendu sans qu'Oline le sache. Ça doit dater d'avant mon voyage vers le sud...

Il était comme un petit garçon malheureux qu'on accusait injustement d'avoir fait des bêtises.

— En tout cas, les bouteilles ont disparu ! affirma-t-elle en se laissant tomber dans le fauteuil des visiteurs placé devant le grand bureau.

Elle était soulagée et le questionnait du regard. Jacob

l'assura de son innocence. Ils discutèrent différentes éventualités. Mais aucune n'était satisfaisante.

Quand Dina revint de sa promenade à cheval, tout à la cuisine était sens dessus dessous. On faisait des recherches.

Oline pleurait. Tout le monde était soupçonné.

Le bruit des voix en colère attira Dina et elle se tint dans l'embrasure de la porte de l'office sans que personne ne la remarque. Habillée de ses vieux pantalons de cuir comme toujours, les cheveux emmêlés. Son visage était rougi après la course dans le vent glacé.

Pendant un moment, ses yeux allèrent de l'un à l'autre. Puis elle dit avec calme :

— C'est moi qu'ai pris les bouteilles. Y en a quand même pas tant que Mère Karen prétend.

Il se fit un silence de mort dans l'office.

La moustache de Jacob vibrait, comme toujours quand il ne savait quelle attitude prendre pour ne pas perdre la face.

Mère Karen pâlit encore plus.

Oline cessa de pleurer en avançant résolument sa forte mâchoire inférieure, si bien que ses dents s'entrechoquèrent.

— C'est toi ? dit Mère Karen abasourdie. À quelle occasion ?

— Différentes occasions, j'm'en souviens plus très bien. La dernière c'tait une nuit d'pleine lune avec aurore boréale, tout était sens d'ssus d'ssous, alors m'fallait quéqu'chose pour dormir.

— Mais la clé ?

Jacob s'était ressaisi et s'avançait vers Dina.

— Ben la clé, elle est toujours dans l'coffret à barbe, tout l'monde le sait. Ou alors la servante pourrait jamais aller chercher l'vin. Et alors, c'est dans l'office qu'on va m'interroger ? On va p'têt' ben aller chercher le commissaire ?

Elle tourna les talons et quitta la pièce. Mais le regard qu'elle lança sur Jacob ne présageait rien de bon.

— Seigneur Jésus ! soupira Oline.

— Dieu nous préserve ! renchérit la servante.

Mais il ne fallut pas plus de quelques secondes à Mère Karen pour dominer la situation et sauver l'honneur de la maison.

— C'est tout à fait autre chose, dit-elle calmement. Je m'excuse, Oline ! et tous les autres ! Je suis une vieille dame soupçonneuse. Je ne pensais pas que Mme Dina était descendue, comme il est de son droit et de son devoir d'assurer le bien-être des invités et de la maisonnée.

Elle se redressa, croisa les bras sur la poitrine comme pour se défendre, et suivit Dina avec dignité.

Jacob restait la bouche ouverte. Oline semblait assommée. Et les servantes avaient le regard à l'affût.

Personne ne sut ce qui fut dit entre Dina et Mme Karen Grønelv.

Mais à la commande suivante de vins et d'alcools, on ajouta un quota destiné à la jeune femme. Dont elle disposait entièrement.

La vieille dame continuait quand même à surveiller la fréquence des commandes et le nombre de bouteilles de chaque sorte qu'on faisait venir.

À chaque pleine lune, et même plus souvent, Dina ne descendait pas avant que la journée soit bien avancée.

Mère Karen gardait ses soucis pour elle.

Puisqu'il n'y avait que Dina qui utilisait le pavillon en hiver, personne d'autre que Mère Karen ne comptait les bouteilles de vin à moitié vides et au contenu gelé qui s'accumulaient sous le banc.

Mais les fois où Dina chantait des psaumes à tue-tête, ce qu'on entendait de la maison et des communs, il était difficile de conserver sa dignité et faire comme si de rien n'était le lendemain.

Elle poursuivait aussi de longues conversations avec elle-même, faisant les questions et les réponses.

Pour être juste, ce n'était pas tellement souvent que cela arrivait.

Il était clair que cela coïncidait avec les mouvements de la lune dans le ciel.

Mais Jacob et Mère Karen assistaient, non sans préoccupation, à cette évolution. Surtout parce qu'il était impossible de la raisonner ou de la persuader d'aller au lit quand elle était de cette humeur.

Elle pouvait être prise d'une terrible fureur si l'on s'approchait d'elle.

Mère Karen avait timidement suggéré qu'elle pouvait tomber malade en restant ainsi au froid pendant la nuit.

Mais Dina riait silencieusement de toutes ses dents blanches, en guise de réponse insolente à la vieille dame.

Dina n'était jamais malade. Elle n'avait jamais rien eu pendant tous les mois passés à Reinsnes.

Finalement, les expéditions nocturnes dans le pavillon furent considérées comme une sorte de secret familial bien gardé. Et comme toutes les familles avaient leur particularité, on décida que c'était celle de la famille Grønelv.

9

> Le cheval est équipé pour le jour de la bataille, mais la délivrance appartient à l'Éternel.
> (Proverbes de Salomon, 21, 31)

Dina se mit à entrer et sortir dans les deux grands entrepôts, comme si elle cherchait quelque chose.

On l'entendait aller et venir. Tantôt en bas. Tantôt en haut. Quelquefois, on l'apercevait par l'ouverture qui servait au chargement au premier étage. À première vue, immuable, le regard perdu à la rencontre de l'horizon et de la mer.

Je suis Dina. Reinsnes engloutit les gens. Les gens sont comme des arbres. Je les compte. Plus y en a, mieux c'est. À distance. Pas contre les fenêtres. Alors tout devient sombre.

Je me promène à Reinsnes et je compte ! La chaîne de montagnes au-dessus de Sundet a sept sommets. Il y a douze arbres de chaque côté de l'allée !

Hjertrud était avec moi à Tjøtta. Elle était petite fille et est allée se cacher derrière l'horloge. Elle s'est faite toute petite parce que je n'étais pas seule. Elle a besoin d'un endroit. Il fait si froid le long de la plage de Fagernesset en hiver...

Ce que tu es, tu l'es pour toujours. La manière dont tu dois traverser une pièce ne compte pas.

Hjertrud respire à travers le plancher des entrepôts.

Elle siffle entre les poutres quand j'ouvre les portes. Hjertrud revient toujours. J'ai le coquillage brillant de nacre.

Dina se promenait dans les grands bâtiments en planches à toute heure du jour et de la nuit. Quand il faisait noir, elle devait emporter une lanterne. Les gens s'habituaient à ses rites.

« C'est seulement la jeune maîtresse qui se promène... », se disaient-ils les uns aux autres quand ils entendaient du bruit dans les entrepôts ou voyaient de la lumière à travers les fenêtres.

L'écho changeait selon l'endroit où elle se trouvait. Selon les marchandises qui y étaient entreposées, selon l'étage, ou selon la direction du vent. Tout se confondait avec l'éternel bruissement, cependant changeant. Le vent, le flux et le reflux.

Le plus grand des entrepôts était en partie construit en rondins. Comme un solide et vigoureux noyau entouré d'une maigre charpente qui laissait passer les courants d'air. Dans la partie en rondins, on entreposait toutes les marchandises qui ne supportaient ni le gel, ni l'humidité, ni la chaleur. Autrement, chaque marchandise avait son emplacement. Les tonneaux de hareng salé, le stockfisch, le sel, le goudron.

Dans la partie en rondins, on gardait la farine et le blé. Les peaux, les coffres remplis de vêtements et les malles de voyage de toutes sortes. Au premier et au second étage, l'odeur du goudron n'était pas aussi forte.

Des voiles et des mâts étaient couchés sur les solives du premier étage. De toutes les couleurs, selon leur âge ou leur état.

Les voiles d'un blanc gris étaient comme des linceuls, en gros rouleaux soutenus par des claies sous le plafond. Ou bien elles étaient étendues pour sécher sur les grosses poutres du milieu et dégoulinaient en cadence magique sur le plancher tailladé. Il était plein de taches, formant différents dessins. De goudron, d'huile de foie de morue et de sang.

Dans le plus grand entrepôt, que l'on appelait le quai d'Andreas, du nom d'un lointain propriétaire qui s'y était pendu, on gardait une quantité de filets accrochés aux murs. Là se trouvait aussi la fierté de la ferme. Une seine à harengs marron foncé, toute neuve. Elle pendait, légère, au-dessus des doubles portes qui s'ouvraient sur la mer.

Les odeurs, fortes et concrètes, étaient régulièrement purifiées par la mer et le vent salé. Imprégnaient les narines d'une bonne odeur.

La lumière passait à travers les planches, et les rayons se croisaient. Ici et là.

C'est là que Hjertrud vint à Dina. Tard en automne. La première année à Reinsnes.

Elle apparut tout à coup à l'entrecroisement de trois rayons lumineux. Ils venaient de trois parois différentes.

Elle n'était pas brûlée, elle était entière. Les yeux vivants et pleins de bonté. Elle tenait quelque chose d'invisible dans les mains.

Dina se mit à parler d'une voix d'enfant, perçante :

— Y a longtemps que l'père, il a abattu la buanderie. La buanderie ici à Reinsnes, elle est pas dangereuse...

Alors Hjertrud disparut entre les filets comme si elle ne supportait pas ce genre de conversation.

Mais elle revint. Le quai d'Andreas était le lieu de rencontre. Il était le plus exposé au vent.

Dina parlait avec Hjertrud de la petite fille cachée derrière l'horloge à Tjøtta, et de sa nouvelle occupation dans le pavillon.

Mais elle n'ennuyait pas Hjertrud avec des détails sans importance qu'elle devait régler elle-même.

Comme le fait que Jacob et Mère Karen n'étaient pas satisfaits de ses activités ménagères et qu'ils voulaient l'obliger à se faire un chignon et à discuter les menus de la semaine avec Oline.

Elle racontait à Hjertrud toutes les choses incroyables vécues à Bergen. Mais pas l'homme pendu à la potence.

Quelques rares fois, Hjertrud souriait en montrant ses dents.

— Ils s'habillent d'un fourreau d'étoffe et lancent des paroles en l'air, et personne écoute, c'qui les intéresse, c'est d'vendre vite et à bon prix. Et la dame, elle peut même pas faire une addition ! Ils savent pas comme c'est loin jusqu'à chez nous. Ils voient rien autour d'eux, à cause des grands chapeaux et des parasols. Et ils ont peur du soleil !

Au début, Hjertrud ne répondait que par monosyllabes. Mais petit à petit, elle lui fit part de ses problèmes. Par rapport au temps et aux lieux. Elle n'aimait pas être chassée du cabinet dans la maison du commissaire.

Mais elle parlait surtout de toutes les couleurs magnifiques de l'arc-en-ciel dont on ne pouvait voir qu'une pâle nuance ici-bas. Et de tous les ciels étoilés qui montaient en spirale tout autour de cette petite terre. C'était si énorme que cela dépassait l'entendement.

Dina écoutait la voix basse qu'elle connaissait si bien. Les yeux mi-clos, les bras ballants.

Le parfum de Hjertrud supplantait les odeurs des entrepôts et celle, persistante, du sel et du goudron. Juste avant qu'il devienne si intense que l'air en soit coupé, Hjertrud disparaissait dans les plis des filets.

Je suis Dina. Quand Hjertrud s'en va, je suis comme une feuille flottant sur un ruisseau. Puis mon corps se retrouve seul et a froid. Mais seulement un petit moment. Alors, je compte les poutres et les carreaux des fenêtres et les fentes du plancher. Et le sang revient dans toutes mes veines les unes après les autres. Je me réchauffe.

Hjertrud existe !

Jacob craignait que Dina ne se déplaise à Reinsnes. Une fois, il vint la chercher dans l'entrepôt.

Alors elle porta la main devant sa bouche et dit : « Chut ! » comme s'il la dérangeait au milieu d'une pensée importante. Elle semblait irritée de le voir, pas du tout contente comme il le croyait.

Après cela, il n'essaya plus de la suivre dans ses pérégrinations. Il l'attendait. Et petit à petit, il n'y fit plus attention.

La première année, Jacob était encore maître et seigneur dans le lit à baldaquin, bien que, quelquefois, il se trouvât dépassé par les événements, ce qui à la fois l'intimidait et l'effrayait.

Le temps passant, c'est avec tristesse qu'il constatait que la vie conjugale, commencée par lui-même avec brutalité et avidité, était devenue une chevauchée qu'il avait du mal à accomplir aussi souvent qu'il le désirait.

C'est ainsi que Jacob, qui, pendant toute sa vie d'adulte, avait eu grand plaisir au lit, dut reconnaître qu'il n'était plus à la hauteur.

Et Dina était sans merci. Elle ne lui passait rien. Il se sentait parfois comme un étalon dont la propriétaire et la jument à couvrir ne faisaient qu'une.

Il se lançait dans l'abîme aussi souvent qu'il en avait la force. Mais elle était insatiable et sans limites. Ne se refusait aucune folie.

Jacob n'arrivait pas à s'y habituer. Vieilli et fatigué, il perdait sa fierté instinctive de chasseur.

Il se prit à rêver d'une vie calme, avec une épouse

digne et responsable. Il pensait de plus en plus à la pauvre Ingeborg. Il lui arrivait de pleurer quand il était au gouvernail et qu'il y avait tellement d'embruns que personne ne pouvait voir les larmes séchées par le vent.

Mère Karen et lui-même pensaient que tout s'arrangerait si seulement Dina pouvait être enceinte.

Mais elle ne l'était pas.

Jacob fit venir à la ferme un jeune étalon noir. Il était sauvage et mal dressé. Étant la cause continuelle des jurons et des imprécations proférés dans l'écurie, il fut appelé Lucifer.

Dina envoya une dépêche au commissaire après Noël, sans demander l'avis de Jacob. Elle voulait que Tomas vienne l'aider à dresser le nouveau cheval.

Jacob se mit en colère et voulut renvoyer le jeune garçon.

Dina prétendit qu'une parole était une parole. On ne pouvait pas engager un fils de métayer un jour, pour le renvoyer le lendemain. Voulait-il perdre leur réputation ? N'avait-il pas les moyens d'entretenir un garçon d'écurie en plus du garçon de ferme ? Était-il moins riche qu'il ne l'avait laissé supposer quand il avait demandé sa main ?

Non, bien sûr...

Et Tomas resta. Il dormait dans les communs, avec les garçons.

On l'ignorait, ou alors on le taquinait. Et surtout, on l'enviait. Car il était le joujou de Dina. Il la suivait dans ses chevauchées en montagne. Il se tenait toujours deux pas derrière elle quand elle sortait. La suivait, les yeux baissés, quand elle montait dans la chaloupe, habillée d'un corsage collant et d'une cape à franges.

Dina de Reinsnes n'avait pas de chien. Ni de confident. Mais elle possédait un cheval noir — et un garçon d'écurie roux.

10

> Le sort de l'homme sur la terre est celui d'un soldat, et ses jours ceux d'un mercenaire,
> Comme l'esclave qui recherche l'ombre, et comme l'ouvrier qui attend son salaire.
> (Livre de Job, 7, 1 et 2)

— Il en va du mariage comme des cornichons trop fades ! Il faut un morceau de viande bien épicé dessous pour les faire avaler !

Oline était formelle. Elle n'avait jamais été mariée. Mais elle avait vu cela de près. Elle pensait tout savoir sur le mariage. À partir des fêtes de fiançailles. En passant par les trousseaux et les dots. Pour en arriver aux bruits familiers de bon ou de mauvais augure, les lits qui grincent et les pots de chambre.

Cela avait commencé par ses propres parents, dont elle ne parlait jamais. Sa mère, fille d'un paysan de Dønna qui avait fait une mésalliance, avait été reniée par les siens. Et elle s'était retrouvée installée dans une métairie avec une flopée d'enfants et juste une petite barque pour aller aux commissions.

Le mari avait disparu en mer. C'est tout. Et son embarcation étant venue échouer sur la rive, on l'avait réparée. Mais que pouvait-on faire d'un bateau quand il n'y avait plus d'homme pour ramer ?

La mère se laissa mourir assez vite, et les enfants furent dispersés dans toutes les directions. Oline était la plus jeune. Du peu d'objets laissés par les parents il ne restait plus rien quand vint son tour d'hériter.

« Avec une bonne santé et de bonnes dents, tu peux avaler n'importe quoi ! » était sa rengaine. Cela ne l'empêchait en rien de cuisiner les perdrix les plus tendres, en sauce venaison. Délices incomparables accompagnées de baies de genièvre, de gelée de sorbier et d'un petit verre.

Mais l'histoire d'Oline ne se limitait pas à ses casseroles.

Elle avait appris l'art de la cuisine « comme par miracle » à Trondheim. Comment elle y était arrivée n'était pas moins miraculeux.

Mais Oline ne parlait guère d'elle-même. C'est pourquoi elle savait tout sur les autres.

Un beau jour, le mal du pays avait été si fort là-bas à Trondheim qu'il lui fallut trouver une solution. Il y aurait eu, paraît-il, un homme qui ne s'était pas conduit comme un monsieur...

Elle se trouva un caboteur remontant vers le nord. Et obtint son passage, toute femme qu'elle était. Elle avait avec elle un grand panier rempli de crêpes. Cela joua peut-être en sa faveur.

C'était un bateau de Reinsnes, et ce fut son destin.

Oline resta dans la cuisine aux murs bleus. Pour le meilleur et pour le pire.

Ingeborg avait apprécié son art culinaire et son autorité.

Mais quand Mère Karen arriva, elle eut un véritable connaisseur dans la maison.

Celle-ci avait assisté à des « festins » à Hambourg et à Paris ! Et savait qu'il fallait de l'amour et une certaine générosité pour bien faire la cuisine.

Mère Karen et Oline discutaient le « Menu » avec le même sérieux qu'elles mettaient à leurs prières.

La vieille dame avait dans sa bibliothèque des livres de cuisine avec des recettes en français. Elle les traduisait avec grande exactitude dans le langage d'Oline, ses mesures et ses poids. Et quand on ne trouvait pas les ingrédients, ni à Bergen, ni à Trondheim, elles arrivaient par un commun effort à leur inventer de bons succédanés.

Mère Karen avait créé un jardin d'herbes aromatiques, avec amour et patience. Et Jacob rapportait les graines les plus extraordinaires de ses voyages.

Le résultat confectionné par Oline atteignait de tels sommets que les gens se laissaient volontiers retenir à Reinsnes, qu'il fasse mauvais ou non.

La loyauté d'Oline envers ses maîtres était à toute épreuve. Gare à ceux qui essayaient de jeter le discrédit sur la famille ! Ceux-là, ils s'en repentaient vite. Oline avait des relations. Elle savait toujours ce qu'il fallait savoir.

Les domestiques à Reinsnes étaient congédiés sans avertissement. On leur disait seulement de faire leurs paquets et de s'en aller. Cela pouvait arriver aussi bien à la saison de l'abattage que lorsqu'on préparait un voyage à Bergen.

On racontait que la fois où Jacob, pendant son deuil, avait déménagé son lit dans le jardin pour être plus près de feu, Ingeborg avait coûté leur place à une servante et un garçon de ferme. Et seulement parce que l'histoire était revenue aux oreilles d'Oline.

— Avec mon aide et celle de Notre-Seigneur les gens ont la place qu'ils méritent ! On garde sa tête sur ses épaules et on tient sa langue si on veut rester à Reinsnes ! fut le certificat qu'elle leur délivra.

Elle avait été témoin du premier mariage d'Ingeborg. Sans enfants, solide et incolore. Comme un interminable jour d'automne, dépourvu de feuillage, de neige et de récolte. Son chagrin fut modéré quand le maître périt en mer.

Mais elle veilla sur la veuve comme sur un joyau. Passait des nuits blanches à lui faire des grogs à la cannelle. Mettait, sans qu'on le lui demande, des briques chaudes enveloppées de laine dans le lit à baldaquin.

Le scepticisme d'Oline se refléta sur son visage à la minute où elle apprit que Jacob, de quinze ans son cadet, allait épouser Ingeborg.

Elle entendit parler de lui pour la première fois quand Ingeborg revint de Trondheim et raconta qu'elle y avait rencontré un valeureux capitaine. Elle était partie pour suivre un procès au sujet de quelques îlots dont elle avait perdu le titre de propriété et que leurs habitants revendiquaient.

Elle gagna son procès. Et l'homme s'installa à la ferme ! Habillé de bottes cousues de manière artisanale et d'un pantalon en peau de chèvre emprunté à un copain de Møre. Il tenait son chapeau de cuir doublé d'un bonnet de laine grise chinée sous son bras, comme un corbeau mort.

Un capitaine habillé comme ses matelots, indifférent à la toilette.

Les premières nuits, il dormit dans la chambre réservée aux hôtes de passage. Mais ses boucles brunes et ses yeux noirs lançaient des éclairs et ne manquaient pas d'attirer l'attention de tout le monde. De longtemps on n'avait vu un si bel homme à Reinsnes.

On vit qu'il avait un corps bien bâti et souple quand il enleva ses vêtements de peau. Le pantalon apparut, de coupe étrange, large sur les cuisses. De même un gilet court en brocart rose, sur une chemise de lin blanc de bonne qualité. Elle était sans col et ouverte au cou, comme si l'on était en pleine chaleur de l'été.

Jacob franchit de nombreux obstacles importants. Une des premières choses qu'il fit, ce fut d'entrer dans la cuisine et d'aller vers Oline avec deux lièvres parfaitement faisandés. Il les dépiauta lui-même.

Il apporta bien d'autres présents à la cuisine. Venant tout droit du monde extérieur. De petits sachets en toile avec du café, du thé, des pruneaux, des raisins secs, des noix et de l'essence de citron. Ce dernier pour le punch et les desserts.

Avec une nonchalance naturelle, comme s'il savait depuis le début qui commandait à Reinsnes, il déposait ces trésors sur la table bien briquée d'Oline.

Et c'est pendant qu'il dépiautait les lièvres qu'Oline lui voua un amour inconditionnel. Elle l'entretint par la suite vivant et chaud, comme on soigne des poussins de neige tard en juin. Son amour était celui décrit par la Bible : il supportait tout. Absolument tout !

Mme Ingeborg aussi était tombée amoureuse. Même le doyen s'en était aperçu. Le jour du mariage, il parla de l'amour dans son prêche et dans son discours au cours du dîner.

Ingeborg accepta même que Jacob fasse venir sa mère à Reinsnes. Bien qu'elle ait tout ignoré de sa belle-mère, sauf qu'elle n'avait pu se rendre au mariage, bien qu'invitée trois semaines à l'avance. Qu'elle était à l'étranger et avait de nombreuses bibliothèques dont les portes étaient en verre biseauté ! Il lui fallait les apporter avec elle quand elle déménagerait dans le Nordland, disait-elle dans sa première lettre.

Karen Grønelv fut une légende bien avant son arrivée à Reinsnes. Le fait qu'elle était veuve d'un négociant et commandant de bateau de Trondheim, en possession de bibliothèques à portes vitrées, inspirait déjà un certain respect. Mais on savait aussi que n'importe quelle dame de Trondheim ne pouvait se permettre de passer des années à l'étranger sans un homme à ses côtés pour la protéger.

Ingeborg devint mère à peine sept mois après son mariage. Et pour aller au-devant des questions du pasteur, quand elle alla inscrire son fils au baptême si vite après le mariage, elle lui fit comprendre qu'elle n'avait pas eu une minute à perdre. Elle n'avait jamais eu d'enfant, bien que mariée la première fois à l'âge de dix-huit ans, et maintenant elle avait dépassé la quarantaine. Dieu devait comprendre son désir et sa hâte.

Le doyen hocha la tête. Il ne dit pas qu'aux yeux de Dieu cette hâte paraissait plutôt due au fringant promis qu'à son désir d'être mère. Il y a des choses qu'on ne dit pas.

On ne disait pas n'importe quoi à Ingeborg de Reinsnes. Elle donnait de larges aumônes pour les pauvres. Et les deux hauts chandeliers en argent portant une inscription qui décoraient le chœur de l'église venaient aussi de Reinsnes.

Alors, il lui donna sa bénédiction, et lui dit d'aller en paix et d'enseigner à son fils les commandements du Seigneur.

Il fut alors décidé qu'il serait le premier pasteur de la famille.

Niels avait quatorze ans et Anders douze ans quand ils perdirent leurs parents dans un naufrage. Grâce à leur lointaine parenté avec Ingeborg, et par charité, ils furent recueillis à Reinsnes.

Le temps aidant, ils semblèrent en avoir fait partie depuis toujours. Le manque d'héritier à Reinsnes y contribuait.

Quand Jacob réussit à engrosser Ingeborg et à donner un héritier au domaine, Niels et Anders virent tous les rêves d'héritage de leur jeunesse engloutis comme un bateau chaviré.

Déjà du temps d'Ingeborg, Oline veillait sur tout le monde. Avec ses coups d'œil secs et dévoués et son inlassable sens de l'ordre.

D'avoir deux maîtresses lui était égal, tant qu'elles vivaient en bonne intelligence et la laissaient en paix.

Petit à petit, ce fut Jacob qui devint le centre de son intérêt. Si jamais quelqu'un y avait fait la plus petite allusion, il aurait été mis à la porte immédiatement.

Sa fierté et sa conscience sociale, aussi fortement ancrées que sa foi en la vie éternelle, la firent pleurer Ingeborg, les yeux rougis et avec sincérité, quand celle-ci mourut.

Mais on ne pouvait pas espérer une plus belle mort. Sous les meilleurs auspices. Les lilas fleurirent le jour de son enterrement. Et la récolte des baies jaunes fut excellente cet automne-là.

Le mariage avec Dina fut de mauvais augure pour Oline. Et cela ne venait pas seulement du fait que Dina ne mettait jamais les pieds à la cuisine pour dépiauter les lièvres.

Qu'elle se tienne à table comme un garçon de ferme, qu'elle grimpe dans les arbres et boive du vin la nuit dans le pavillon du jardin, passe encore.

Ce qui était impardonnable, c'est qu'elle ignorait complètement Oline.

Oline n'arrivait pas à comprendre ce que ce drôle d'oiseau venait faire à Reinsnes, toute fille de commissaire qu'elle fût.

Oline considérait comme une catastrophe ce mariage de Jacob sans rime ni raison.

Mais elle gardait cela pour elle, comme bien d'autres choses.

Et, dormant dans la chambre derrière la cuisine, juste au-dessous de la salle et du lit à baldaquin, elle contrôlait totalement les bruits et les vibrations qui en provenaient.

Cette activité aussi débordante qu'indécente était pour elle une énigme. Cela la blessait plus que la mort d'Ingeborg.

Mais toute cette antipathie cachait une corde qui vibrait. Une curiosité. Celle de découvrir ce qui poussait les gens, comme Jacob, à de telles folies. Celle de découvrir comment une gamine pouvait prendre le contrôle de toute une propriété. Sans même avoir à lever un doigt.

11

> Bois les eaux de ta citerne, les eaux qui sortent de ton puits !
> Tes sources doivent-elles se répandre au-dehors ?
> Tes ruisseaux doivent-ils couler sur les places publiques ? Qu'ils soient pour toi seul, et non pour des étrangers avec toi.
> Que ta source soit bénie, et fais ta joie de la femme de ta jeunesse !
> (Proverbes de Salomon, 5, 15-18)

Jacob se mit à faire des tournées « indispensables » avec sa chaloupe. Il allait retrouver de vieux amis. Il se trouvait des courses à faire à Strandstedet.

D'abord, Dina voulut absolument l'accompagner. Mais il la découragea en prétendant que ce serait ennuyeux pour elle. Qu'il ferait froid. Qu'il reviendrait tout de suite...

Il cherchait de bonnes raisons. Curieusement, elle n'eut aucune crise de rage. Elle prit seulement ses distances.

Il lui arrivait de trouver le matin la grande pelisse en peau de loup par terre sur le palier. Comme la dépouille d'un animal ensorcelé, qui était redevenu humain.

Elle ne lui demandait jamais où il avait été. Même quand il avait été absent toute la nuit. Elle ne venait jamais l'accueillir à la porte.

Elle passait souvent ses nuits dans le pavillon du jardin. Mais au moins, elle ne jouait pas du violoncelle.

Un soir tard, en rentrant de Strandstedet, Jacob vit de la lumière à la fenêtre du bureau.

Dina était en train de feuilleter les livres de comptes. Elle les avait tous arrachés de leurs rayonnages et les avait étalés partout sur la table et le plancher.

— Qu'est-ce que tu fais ? s'écria-t-il.

— J'essaie d'y comprendre quéqu'chose, répondit-elle sans le regarder.

— Mais ce n'est pas ton affaire. Il faut tout ranger ici, autrement Niels sera furieux, crois-moi.

— J'pense pas que l'Niels il est capable de toujours compter juste, murmura-t-elle en se mordant l'index.

— Comment ça ? Il ne fait que ça depuis des années.

— Ses chiffres disparaissent. L'Lorch il aurait dit que le résultat est faux.

— Dina, ne dis pas de bêtises. Allons, viens, on va rentrer à la maison. Il est tard. Je t'ai apporté un gâteau.

— Moi, j'veux revoir ces comptes. Dis, j'veux commencer à travailler ici au bureau.

Ses yeux brillaient et elle respirait fort. Comme cela se passait quand, accidentellement, elle donnait un signe de satisfaction.

Mais Niels le fit comprendre clairement. Ou bien c'était lui, ou bien c'était Dina. Jacob essaya d'intervenir. Il pensait que Dina pouvait être d'une certaine aide pour les comptes. En effet, elle était pour ainsi dire géniale quand il s'agissait de chiffres.

Mais Niels, qui par ailleurs n'était pas bavard, dit non !

Dina approcha en souriant son visage tout près du sien. Elle le dépassait d'une demi-tête, et lui lança comme des couteaux bien aiguisés :

— Non, tu veux pas qu'on voie qu'tu sais pas compter ! Les chiffres disparaissent dans tes livres, comme la rosée sur l'herbe ! Hein ? Mais les chiffres disparaissent jamais pour toujours. Ça semble seulement comme ça à ceux qui comprennent pas...

Il se fit un silence dans le bureau.

Niels tourna les talons et sortit, jetant par-dessus l'épaule :

— Ça s'rait jamais passé comme ça du temps d'Ingeborg ! Au bureau c'est moi ou celle-là.

Dina n'eut plus accès au bureau. En contrepartie, elle jetait des regards entendus sur Niels pendant les repas.

Il se mit à manger à la cuisine.

Jacob essaya de compenser son intervention en faveur de Niels. Il rapportait de ses voyages de petits cadeaux à Dina. Des savonnettes ou une broche.

Il essaya de l'inclure dans la communauté et dans les conversations.

Un soir où ils étaient tous au salon après dîner, il s'adressa directement à Dina pour lui demander ce qu'elle pensait du nouveau roi Oscar Ier.

— J'vais p'têt' ben demander au nouveau roi la permission d'entrer au bureau de Reinsnes pour trouver où les chiffres ont pu passer ! dit-elle avec une grimace.

Niels se leva et sortit. Mère Karen soupira. Jacob alluma sa pipe d'un mouvement brusque.

Jacob connaissait une veuve à Strandstedet. Elle avait le visage lourd mais non dépourvu de beauté et un chignon grisonnant et respectable sur la nuque. Elle avait un corps ferme sous son corsage ajusté. Et elle était seule dans sa petite maison où, en tout bien tout honneur, elle louait des chambres et faisait un peu de couture.

Jacob trouvait en elle une sorte de consolation. Chez elle, on pouvait se confier et bavarder.

Du temps d'Ingeborg, il prenait la chaloupe pour aller s'amuser et danser, avec de temps en temps une petite aventure, sans plus ; maintenant ce qu'il recherchait hors de Reinsnes, c'était la paix et l'harmonie.

C'était un besoin d'homme ! Insondable et imprévisible.

L'été 1844 arriva. Il était rempli de fourmis et de lumière. Il était vide de sens.

Mère Karen avait procuré à Dina un recueil de chansons populaires d'un certain Jørgen Moe et un livre rempli de contes païens rassemblés par Asbjørnsen et Moe. Mais elle ne l'ouvrit pas.

Le livre de Hjertrud avait de meilleures histoires. Et on ne pouvait pas en deviner la fin, comme on pouvait toujours le faire dans les contes.

— Les contes ont une autre morale, ma chère Dina, dit Mère Karen.

— Comment ça ?

— Ce n'est pas la parole de Dieu. Ils se fondent sur le peuple et la morale populaire.

— Quelle différence ça fait ? demanda Dina.

— La parole de Dieu est sacrée. Il s'agit du péché et de la nécessité du salut. L'autre est seulement une histoire racontée par des gens. Où les méchants sont punis et les bons récompensés.

— Mais le livre de Hjertrud, il est aussi écrit par des gens, dit Dina.

— Dieu a ses messagers. Ses prophètes qui transmettent sa parole, expliqua Mère Karen.

— Bon, bon. En tout cas, il raconte de meilleures histoires qu'Asbjørnsen et Moe ! affirma Dina avec aplomb.

Mère Karen sourit.

— C'est très bien, chère Dina ! Mais il faut dire la Bible et non pas le livre de Hjertrud ! Et on ne peut pas comparer la parole divine avec les contes populaires ! dit-elle, conciliante.

— Le livre de Hjertrud, enfin la Bible, elle gagne plutôt à la comparaison, fut-il sèchement répondu.

Mère Karen comprit qu'on pouvait difficilement entraîner Dina dans des discussions philosophiques ou théologiques. Il fallait bien l'admettre.

Dina jouait du violoncelle et montait à cheval avec Tomas. Elle rencontrait Hjertrud dans le hangar d'Andreas.

Chaque matin, la table du pavillon portait des marques rouges de verres.

Du merisier, elle surveillait la côte. Le vapeur amenait peu de visiteurs. Et ceux qui s'arrêtaient semblaient venir d'autres planètes.

Dina tira ses conclusions des occupations de Jacob à Strandstedet. La rumeur l'avait atteinte à travers les murs des communs, venant de directions différentes. Elle apprenait un couplet par-ci et un couplet par-là. Il arrivait que les chuchotements s'arrêtent quand elle entrait dans une pièce ou s'approchait. Même à la sortie de l'église.

Et elle rassemblait les morceaux épars.

L'automne arriva.

La mer était sombre, parsemée de crêtes blanches, et la bise envoyait des aiguilles de glace du fond du Gouffre Bleu. La pleine lune était blanche et l'aurore boréale chassait les mauvais esprits tout au long du ciel étoilé.

Il pleuvait et il neigeait alternativement, si bien que la route par la montagne n'était plus praticable, ni à pied ni à cheval. Heureux celui qui possédait un bateau. Même si la mer était fouettée par des vents étranges et difficilement prévisibles.

Tantôt ils venaient du nord. Tantôt ils venaient de

l'ouest, amenant de lourdes vagues et des cormorans errants au plumage noir d'encre.

Dina veilla toute la nuit. Mais, contre son habitude, elle ne se leva pas pour aller en pelisse dans le pavillon.

La nuit était lourde de tempête. Le ciel clair et l'aurore boréale s'alliaient contre la bourrasque qui faisait rage.

Elle était dans le lit à baldaquin, tous rideaux écartés, et fixait les hautes fenêtres jusqu'à ce que la maigre lumière du jour fasse pâlir et reculer le ciel jusqu'à l'infini.

Jacob entra tout à coup à travers la porte fermée. Se dirigeant droit vers le lit. Boitant.

Le visage ravagé, il tenait les mains en avant comme s'il demandait grâce.

Il n'avait qu'une botte, et faisait un tel bruit qu'il aurait pu réveiller toute la maison.

La trahison était inscrite sur son visage blafard.

Elle l'avait appelé. Mais il n'avait pas entendu. Et il était trop tard. Seul son esprit annonciateur s'était montré. Elle garda son regard fixé sur le détroit, attendant le matin et le message de Strandstedet.

Je suis Dina. Jacob dit une chose mais en fait une autre. C'est un cheval qui ne veut pas être monté. Il sait qu'il est à moi. Mais il a peur que je voie qu'il préfère m'échapper. Sept fois, il a fait des mensonges pour m'échapper.

Il est tard. Les gens sont comme des saisons. Jacob est bientôt l'hiver maintenant. Je sens d'abord le coup. Je crois que ça fait mal. Mais ça disparaît dans tout ce que je porte en moi.

Je glisse de pièce en pièce, entre les meubles et les gens.

Là, je peux faire chanceler les gens les uns après les autres. Ils sont si mauvais joueurs. Ils ne savent pas qui ils sont. Par un seul mot je peux faire vaciller leur regard. Les gens sont inexistants. Je ne veux plus les compter.

Une barque à quatre avirons, malmenée par un jeune garçon frigorifié et trempé, arriva à la ferme. Jacob était blessé et il fallait aller le chercher à Larsnesset.

Dina ne montra aucun signe d'étonnement. Elle se mit simplement à enfiler des vêtements et donna l'ordre d'atteler Lucifer au traîneau.

Anders insistait pour que l'on y aille en bateau. Ce n'était pas l'affaire d'une femme de passer par la montagne.

Dina, comme un lynx feulant, était déjà en route.

Anders haussa les épaules. Avec une mer aussi démontée, ce n'était peut-être pas une mauvaise solution.

Elle était apparue déjà habillée et fin prête pour aller chercher Jacob, il ne lui resta plus qu'à enfiler une pelisse et s'entortiller dans un châle avant de s'asseoir dans le traîneau.

Mère Karen et Oline s'inquiétaient plus pour Jacob que pour la course hasardeuse de Dina.

C'est ainsi que Dina elle-même alla chercher Jacob dans la chambre de la veuve.

Il avait été en bonne compagnie et devait finir la soirée paisiblement et suavement là où il en avait l'habitude.

Malheureusement il glissa sur le verglas et dégringola l'escalier. Sa jambe cassa comme une branche sèche au premier coup de vent. La fracture était si importante que les os transperçaient la peau.

Par chance dans toute cette malchance, le docteur se trouvait par hasard à Strandstedet. Il fallut une bouteille de rhum entière pour calmer les pires douleurs quand il nettoya la plaie et réduisit la fracture.

Dina portait comme d'habitude des pantalons de cuir et des snow-boots, comme un homme. Elle prenait beaucoup de place dans la petite maison. Une ride marquait un profond sillon entre ses sourcils. Les mots restaient de glace.

Elle traita la veuve comme une domestique. Et elle ne daigna même pas commenter le conseil qu'on lui donnait d'attendre que la tempête s'apaise pour revenir en bateau.

Elle exigea de l'aide pour attacher Jacob sur le traîneau. Finalement il fut ficelé comme un saucisson dans les peaux de mouton.

— Il faut rembourser à Madame les frais de médecin et la chambre, dit Jacob faiblement avec une grimace de douleur.

Mais Dina ne dit ni au revoir ni merci à l'hôtesse de Jacob. Elle fit claquer sa langue pour mettre en route le cheval et sauta derrière dans le traîneau.

Le cheval allait à une allure endiablée. Les patins lançant une pluie d'étincelles, il fuit vers la montagne. La vitesse les aspirait.

Dina veillait comme un faucon sur son mari.

Il eut très peur quand ils descendirent la pente la plus raide sur le verglas.

La route avait été en partie balayée par les inondations de l'automne. Et son pied lui faisait mal quand ils devaient forcer les profondes ornières durcies par le gel.

C'était la première fois qu'il était totalement livré à Dina.

Jacob avait une connaissance minime des chevaux et des routes. Il était plus dans son élément en mer.

Il essaya de se plaindre qu'elle n'ait pas amené avec

elle d'équipage pour ramener le bateau. Mais elle ne daigna même pas lui accorder un regard.

Jacob n'était pas seulement gravement blessé, il était aussi tombé en disgrâce. Il savait que les deux maux demandaient du temps. Mais il était à bout de patience.

La fracture était sérieuse, elle était mal réduite et en plus la plaie ne voulait pas se cicatriser.

On avait l'impression que toutes les malédictions s'acharnaient sur cette pauvre jambe. Il devait garder le lit. Il criait et se plaignait, chuchotait et attirait la pitié.

On le déménagea avec son lit dans le salon, afin qu'il garde l'impression de toujours faire partie des vivants.

La ride de Dina entre les sourcils ne faisait que se creuser. Et elle cachait bien sa sympathie pour le malade.

Quand Jacob, en toute innocence, lui demanda si elle ne pouvait pas lui jouer quelque chose au lieu de boire tant de vin, elle se leva du fauteuil de cuir. Si brutalement qu'elle renversa le verre sur le napperon en dentelle.

Le vin forma une fleur rouge qui s'étendit de plus en plus. Le verre perdit son pied.

— Tu peux d'abord demander à la veuve à Larsnesset de r'mettre ta patte en place dans ta carcasse ! jeta-t-elle en sortant.

Mais Anders ramena la chaloupe à Reinsnes. Et Mère Karen et Oline faisaient les infirmières et n'épargnaient pas leur peine.

Après cette réflexion de Dina, Jacob commença à comprendre. Mais il ne savait pas que c'était irréparable.

Pour lui, rien n'était irréparable quand il s'agissait de femmes. Même deux ans passés avec Dina n'avaient pu lui ôter cet optimisme indomptable.

Jacob n'allait pas mieux. La gangrène s'y mit. La couleur seule en témoignait. L'odeur se répandit comme une mauvaise rumeur. Un inévitable signe précurseur de catastrophe. Chaque seconde en était imprégnée.

Les heures commencèrent à compter.

Mère Karen se rendit compte que Jacob demandait des soins qualifiés. Et cela, rapidement.

Dina était la seule à savoir ce que de tels soins impliquaient.

Elle avait été témoin des effets de la gangrène avant. Un des hommes d'équipage chez le commissaire avait eu la gangrène dans un pied gelé. Il avait survécu, mais on le gardait par charité avec son moignon pointant dans le vide. Peu d'années après, il était si desséché par l'amertume et la haine contre tout et tout le monde que les servantes avaient peur d'aller lui apporter à manger.

Dina était allée le voir sans raison spéciale.

L'odeur du pied de Jacob commençait à se sentir jusque dans l'entrée. Mère Karen était assise au pied du lit. Oline laissait tomber ses larmes dans la soupe.

La mer était démontée avec des lames aussi hautes que les portes des hangars.

Anders dut se soumettre encore une fois, quand Dina déclara que Tomas et elle-même allaient amener Jacob par la montagne chez le docteur.

Si elle y était déjà arrivée seule avec le Lucifer récalcitrant une fois, elle y arriverait bien une seconde fois avec l'aide d'un garçon d'écurie.

C'était absolument le mieux. Et ainsi fut décidé.

Avec la seule différence que Tomas ne fut pas du voyage.

Il lui jeta un regard incrédule quand elle sauta dans le traîneau pour partir seule.

Jacob, tout pâle, lui faisait un signe de tête. Comme une prière.

Tomas se préparait à sauter aussi dans le traîneau.

— Non ! siffla-t-elle en lui donnant un coup de fouet sur les mains.

Et criant au cheval : « Allez ! » elle fut emportée sur les patins brillants d'étincelles.

Tomas resta par terre à quatre pattes sur le verglas de la cour. Avec des raies sanglantes sur la main droite et le souffle coupé.

Plus tard, il devait défendre Dina en prétendant qu'une troisième personne sur le traîneau était de trop. Et qu'elle n'avait pas de temps à perdre si elle voulait arriver à temps chez le docteur.

Comme tout ce que disait Tomas, cela semblait tout à fait plausible à ceux qui l'écoutaient. Il avait bien lu la peur dans les yeux de Jacob. Mais il lui en coûtait trop de s'en souvenir.

Tomas était un chien bien dressé — il ne hurla pas quand il en était encore temps.

Il noya ses pensées dans le tonneau d'eau dans la cour. Là il rinça ses mains et sa tête dans l'eau glacée. Il sentait la douleur du coup de fouet traverser son bras jusqu'à l'aisselle. Puis il s'essuya la figure avec sa main mouillée et alla retrouver Oline.

Le visage rougi par l'eau glacée, il fit remarquer que Jacob était au plus mal.

Oline s'essuya les yeux et renifla l'air discrètement.

L'odeur de la jambe de Jacob était la seule chose qui leur restait.

Trois heures plus tard, Tomas recevait Dina et le cheval avec ses limons vides.

Imprimé en France sur Presse Offset par

BRODARD & TAUPIN

GROUPE CPI

La Flèche (Sarthe), 4084
N° d'édition : 3178
Dépôt légal : octobre 2000